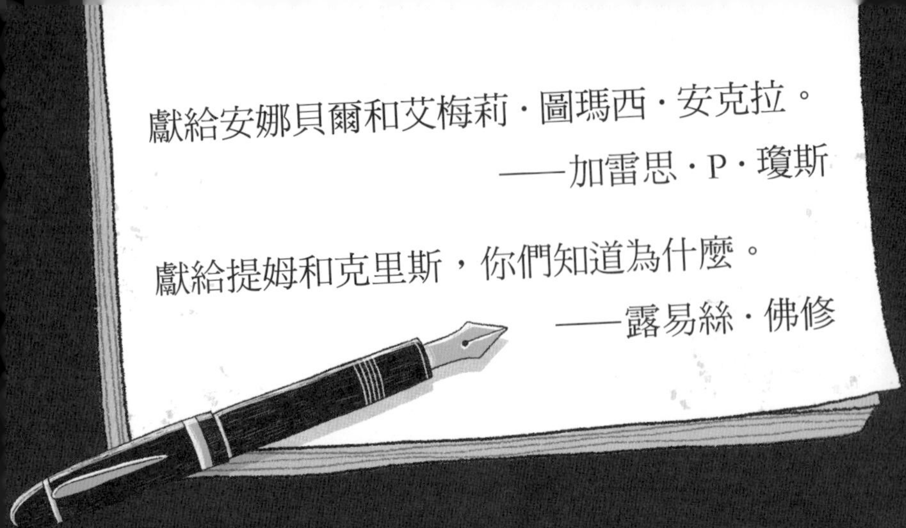
獻給安娜貝爾和艾梅莉·圖瑪西·安克拉。
——加雷思·P·瓊斯
獻給提姆和克里斯，你們知道為什麼。
——露易絲·佛修

動小說

雪怪偵探社❷：時間小偷

文：加雷思·P·瓊斯｜圖：露易絲·佛修｜譯：林劭貞

總編輯：鄭如瑤｜主編：陳玉娥｜編輯：張雅惠｜特約編輯：劉蕙
美術編輯：黃淑雅｜行銷副理：塗幸儀｜行銷企畫：許博雅

出版：小熊出版／遠足文化事業股份有限公司
發行：遠足文化事業股份有限公司（讀書共和國出版集團）
地址：231新北市新店區民權路108-3號6樓｜電話：02-22181417｜傳真：02-86672166
劃撥帳號：19504465｜戶名：遠足文化事業股份有限公司
Facebook：小熊出版｜E-mail：littlebear@bookrep.com.tw

讀書共和國出版集團網路書店：www.bookrep.com.tw
客服專線：0800-221029｜客服信箱：service@bookrep.com.tw
團體訂購請洽業務部：02-22181417 分機1124

法律顧問：華洋法律事務所／蘇文生律師｜印製：天浚有限公司
初版一刷：2024年1月｜定價：350元｜書號：0BIR0084
ISBN：978-626-7429-08-2（紙本書）、978-626-7429-06-8（EPUB）、978-626-7429-05-1（PDF）

國家圖書館出版品預行編目 (CIP) 資料

雪怪偵探社 . 2, 時間小偷 / 加雷思 .P. 瓊斯文 ; 林劭貞譯 . -- 初版 . -- 新北市 : 小熊出版 , 遠足文化事業股份有限公司 , 2024.01 ; 240 面 ; 14.8x21 公分 . -- (動小說)

譯自 : Solve your own mystery. 2, the time thief

ISBN 978-626-7429-08-2（平裝）

873.596　　112021912

小熊出版官方網頁　小熊出版讀者回函

雪怪偵探社 2

時間小偷

宛如RPG實境遊戲的互動式推理小說

文／加雷思・P・瓊斯
圖／露易絲・佛修
譯／林劭貞

目次

誠徵
私家偵探助理
工作性質：工時長，工資低，工作操
工作地點：避風鎮暗影區
尼克．格林秀
暗影電臺
最「驚」人的
廣播節目

分類廣告
歡迎光臨石水書
專營魔法書、吸血鬼傳說
和精靈修煉寶典
MM
人魚快遞
選擇人魚包裹
專件寄送，
不論海洋、
河川或水溝，
保證使命必達！
冰冰有你
海妖飲料店
免費附贈讓飲料更好喝的吟唱服務！
（所有飲品都會加冰塊）
時間旅人徵團友
（申請截止期限：前天）
女巫尋物服務
不論您遺失了什麼，
我們都能替您找回！
服務項目包括物品、時間、
地點，以及女巫！
請洽0848-米可鳥專線

艾德文的
雜物
《工作筆記》
1. 幫食人花澆水（小心別被咬到）。
2. 確認最近是否有客戶委託案件。
3. 老闆昨晚去哪裡了？

協尋
協尋
世界最棒
精靈
助理
魔具珍寶
博物館
時間之旅
特展

失竊的時間海綿

你瞄了一眼手錶，納悶著到底要等多久，老闆才會出現？自從擔任偵探助手以來，你早已習慣造訪各種奇怪的地方。避風鎮大部分地區都很正常，唯獨暗影區住滿了吸血鬼、狼人、哥布林……其中也包括你的雪怪老闆克勞斯．索斯塔。和他共事通常很有趣，除了在寒冷刺骨的清晨被關在辦公室外面。

天空一片灰濛濛，感覺快要下雨了。就在此時，你總算聽到克勞斯的汽車引擎聲，心中鬆了一口氣。克勞斯的車子名叫華生，牠本來是克勞斯養的寵物狗，後來被女巫變成一輛車，所以引擎聲聽起來彷彿狗吠，在車陣中有很高的辨識度。這對身為人類的你來說並不尋常，然而只要在暗影區待得夠久，就會明白這裡的一切都很奇特。華生停在你旁邊，熱情的朝你猛搖排氣管。汽車後座的車門猛然打開——

跳舞
精靈
盧恩文
占卜
私家
偵探
私家
偵探
天堂
- 葬儀服務
二手鞋
大特價
和我們一
邁向您的
「新生」
休息中
米亞・曼斯
長眠於此
華生
聖物出售
猴掌半價

「早安。」克勞斯壓低聲音說：「快上車！」

你遵從指示。你才剛繫上安全帶，華生就迫不及待的往前衝。前座的後照鏡掛著一個香氛袋，香味仍不足以掩蓋你老闆獨特的體味。他打了個大大的呵欠，你趕緊摀住鼻子，以免吸進他的起床「氣」。你納悶他到底醒了多久？他甚少在清晨時分就開始工作，更何況你們這兩個月來都沒有接到大案子。

音響裡傳出一段電臺的節目片頭音樂。

噢！吔！噢！不！

歡迎收聽暗影電臺的尼克．格林秀！

電臺主持人開朗的打招呼，「時間來到早上八點三十分，我是尼克．格林。現在為大家播報今天的大新聞……」

克勞斯插嘴提醒你：「仔細聽，這是我們要調查的案子。」

電臺主持人繼續說：「『昨晚『魔具珍寶博物館』的珍貴展覽品『時間海綿』被偷了！異象警隊正在調查這起竊案。我們今天邀請了時間旅行專家兼作家『提摩西・歐萊里教授』，為我們說明這件寶物的魔力。」

一個又尖又高的聲音說道：「各位聽眾早安。時間海綿非常獨特，一般的海綿生長在海床上，吸收的是水分，時間海綿則生長於時間浪潮之中，可以吸收時間本身。換句話說，只要擠壓時間海綿，一切都會暫停。」

克勞斯突然來了個急轉彎，你不得不抓緊側邊的握把，連華生都哀號著抗議主人猛力捏握方向盤。你很好奇克勞斯為什麼這麼焦急，自從弗蘭肯芬博士的怪物製造機失竊案後，就沒看過他心急如焚的樣子了。

電臺主持人說：「經營這家博物館

長達兩世紀的館長『陶德惠索』，懇請各界協助提供線索。」

「請大家幫我們把海綿找回來！」一個年長女性的聲音響起，「這是我跟一位老朋友借來的展品，如果落入不肖人士手中，後果不堪設想啊！」

「更多相關內容，有請《異常生物日報》的記者『格雷琴．泡巴』來為我們說明。她正在案發現場，希望能成功和我們連線。」

「謝謝你，尼克。」一個刺耳的女性聲音伴隨著雜訊聲流瀉而出，「昨天，人魚快遞把時間海綿送達後，博物館舉辦了一場夜間記者會，我也受邀參加。陶德惠索館長親自主持，會場供應了許多香檳。賓客包括學者歐萊里教授，以及兩位負責保全的異象警隊警察，絕對都是這起竊案的主要嫌疑犯。」

「格雷琴小姐，難道你不用被列入嫌疑犯名單嗎？」尼克問道。

格雷琴放聲大笑，笑聲就像利刃般狠狠穿透你。你曾聽說，報喪女妖的笑聲會讓人發狂，因此當格雷琴閉上嘴巴，你鬆了一口氣。

格雷琴說：「放心，我不可能是嫌疑犯。記者會結束後，我親眼目睹警長『達卡』鎖上了時間海綿的展覽室之後，就回辦公室趕稿，那是晚上十點的事。達卡說他在午夜十二點去展覽室巡邏時，發現海綿不見了。」

「原來如此。我聽說博物館即將舉辦一檔『時間之旅特展』，昨晚失竊的時間海綿正是展品之一。」

「對，它可是本次展覽的主角！除了時間海綿之外，展品還有——可以顯現過去影像的『記憶洗手臺』、穿梭在不同時空的『時不時出現燈』，以及能夠預告未來的『命運餅乾麵糊』。不過，其他展品全都安然無恙，竊賊顯然只對最珍貴的時間海綿情有獨鍾。」

「這對館長來說一定是十分重大的打擊，」電臺主持人插話，「畢竟博物館的營運一直都很順利，對吧？」

「不，博物館最近有嚴重的財務危機，陶德惠索館長原本還寄望這場特展可以帶來大筆收入呢！在蛇髮女妖館長的眼睛還能把生物變成石頭的時代，她是收藏了大量雕像，但她現在的視力大不如前，博物館已經失去吸引力了。」

電臺主持人坦承：「的確，我也有好一陣子沒有造訪博物館了，而且似乎有傳聞說，博物館將要被改建成購物中心，是嗎？」

格雷琴提高音調說：「沒錯！新上任的夜間市長弗蘭肯芬博士毫不掩飾他想改建這幢老建築的企圖心。遺憾的是，弗蘭肯芬市長此時無法發表任何言論，他正在外西凡尼亞參訪。」

「謝謝你，格雷琴。我們會持續為大家追蹤這則竊案的最新發展，現在先把時間交給氣象女巫，克蘿伊．克雷佛利。」

一位女巫清了清嗓子，接著說：「早安，經過昨晚的一夜清朗，今天早上會有一場雷陣雨。我會在午餐時間施展晴天魔法，下午則是短暫的傾盆蟲雨，這對大多數人來說可能不太舒服，卻是鴨子們的理想天氣……」

克勞斯關掉電臺廣播，說：「我們得找到那個時間海綿。最近偵探社的生意不太好，若能破了這起受人注目的重大案件，對我們會大有幫助。」

你從來不曉得老闆會在沒有接到委託的情況下開始辦案。

你懷疑他有事情瞞著你，這種情況不是第一次發生，克勞斯常有自己的想法。此刻你決定不發一語，在剩下的車程盡力記下剛剛在電臺報導裡聽到的細節。

當克勞斯把車子停在博物館外時，你已經列出有待調查的清單。這幢建築外有一個巨大的立牌，上面寫著：魔具珍寶博物館，它的外觀早已不敵歲月侵蝕而殘破不堪，窗戶也蒙上一層灰撲撲的塵埃。避風鎮另一端的居民壓根不會想走進這樣暗淡無趣的地方，只有居住在暗影區的生物知道，這棟建築物雖然看起來陳舊乏味，裡面卻大有名堂。一名女警正在通往博物館門口的車道上檢查胎痕，她聽到華生的引擎聲，立刻轉過身大喊：「嘿！這裡禁止停車！」

「早安，艾芬娜。」克勞斯打開車門踏出車外，給了她一個友善的笑容。你也跟著老闆一起下車。

女警不悅的說：「請你稱呼我『瑞瑪洛巡佐』。而且你一定是沒聽清楚我說的話，索斯塔先生，讓我再提醒你一次，這裡禁止停車！」

克勞斯從後車箱搬出一個備胎，用力把它滾到路面後大喊：「去追！」

華生迅速發動引擎，興奮的衝了出去，牠張開引擎蓋咬住備胎，途中闖了一個紅燈，兩旁的車輛急忙閃躲，以免撞到牠。駕駛們狂按喇叭，對失控的華生怒罵咆哮，而快樂的華生早已消失在轉角處。

「問題解決了。」克勞斯輕鬆的拍拍手。

「你知不知道自己剛剛做了多少個違規的行為？」瑞瑪洛氣得拿出罰單本。

克勞斯大笑，「你升職為巡佐啦？恭喜嘍！」

「是啊！自從達卡警長把你踢出警界之後，發生了挺多變化。」

老闆的臉色瞬間變得鐵青，「不是他把我踢走，是我自己離開。」

瑞瑪洛帶著幸災樂禍的表情問：「你老闆都是這麼跟你說的？」

克勞斯露出不悅的表情，但是艾芬娜繼續說：「我打賭他從來沒有提過，達卡當時給了他兩個選擇：要不乖乖聽話，要不立刻滾蛋。」

克勞斯從來沒有告訴你他當初離開警隊的原因，而

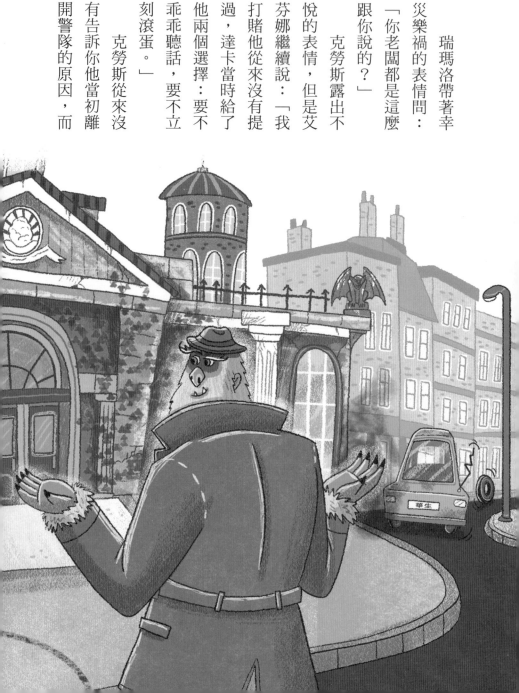

瑞瑪洛所說的話並不令你意外，你的老闆總是不按牌理出牌。他似乎很不喜歡瑞瑪洛提起這件事，便開始轉移話題。

「嗯，是我的錯覺，還是你真的長高了呢？」

瑞瑪洛掀開長大衣，你才發現她其實是一位個頭嬌小、腳踩高蹺的精靈。她晃了晃腿，

讓高蹺發出喀啦喀啦的聲響。「別擔心，即使我踩高蹺值勤，鎮上也沒有任何罪犯能夠跑贏我。」她拉緊高蹺上的繫繩，並扣上大衣的鈕釦。「新市長想要整頓這個小鎮，而我將是幫助他成就願景的功臣，我想在警界高人一等！」

「要怎麼做？再買幾雙更高的高蹺嗎？」克勞斯不忘賣弄自己的幽默感。

「我要以侮辱警察的罪名逮捕你！」瑞瑪洛怒不可遏的說。

克勞斯露出微笑，「別這樣嘛！開個小玩笑而已。我只是來這裡探班，聽說時間海綿被偷了，我想我可以幫你找找。」

瑞瑪洛擋住他的去路，「抱歉，你不能進去。案發現場已經被封鎖，正在等食屍鑑識小組採證。況且，如果有人能破解這起竊案，那個人也會是我。」

「你？」克勞斯哼了一聲。

「愛怎麼嘲笑都隨便你！我會證明自己是這鎮上最優秀的警察。」

克勞斯冷冷的瞪著她，她卻一點也沒有退縮。

「廣播新聞報導，竊案發生時，展覽室的門是鎖著的。說到密室謎案，最可疑的嫌疑犯通常是持有鑰匙的人。昨晚誰有鑰匙？」克勞斯問。

「達卡警長親自負責保全工作。」瑞瑪洛說。

「原來如此，我打賭你們兩位昨晚都在記者會上猛灌香檳。」

「我上班的時候不會喝酒。」瑞瑪洛不屑的說。

「警長肯定喝了幾杯，我很清楚他手上有香檳的時候會是什麼樣子。」

你曾經見過克勞斯使用這種套話手法：回味往事，以卸下對方的心防。

瑞瑪洛果然中招了，她忘我的笑了幾聲，「你說得對。再多喝幾杯，他就會開始唱起那首有關魯莽闖禍的歌。」

克勞斯笑著說：「我記得那首歌，歌名是什麼？」

「『大鬧一場』！」

他們兩個同時大笑。

「記者會結束之後到底發生了什麼事？」克勞斯趁機問。

「他一直在博物館裡留守，我被安排到場外站崗。」

「我想他只有一把鑰匙，對嗎？」克勞斯故作隨意的問道。

「陶德惠索館長辦公室裡還有一把備用鑰匙，但是……」

「瑞瑪洛巡佐，」一個低沉粗啞的聲音在你們後方響起，「我希望你現在不是在跟普通老百姓談論偵察中的案子。」

你突然感覺到後頸有一股溫熱的氣息，瑞瑪洛則嚇得倒抽一口氣。

你轉過頭，一大片深藍色的布料映入眼簾，那是異象警隊的制服。穿著那件制服的警官和你的老闆一樣高大魁梧，他戴著警帽和墨鏡，鬍子烏黑濃密，光是外表就足以讓膽小的罪犯嚇得腿軟。

「達卡。」克勞斯伸出一隻手。

達卡警長冷哼一聲。他摘下墨鏡，露出公牛般的銅鈴紅眼，低頭鑽過警用封鎖線，你瞥見他的尾巴正在微微擺動。達卡警長是一名牛頭怪，而且現在明顯心情不太好。

達卡說：「你不應該在這裡，索斯塔，你已經不是異象警隊的一員了。尋找時間海綿是我們的工作，我奉命直接向弗蘭肯芬夜間市長報告這個案件的進展，和你沒有關係。難道你沒有其他委託案要調查嗎？例如幫他們找回走失的可愛小貓咪之類的。」

「你怎麼知道沒有生物雇用我尋找時間海綿？」克勞斯反駁。

這讓你想到一件事——克勞斯沒有向你提起他有受到委託。他現在是在虛張聲勢嗎？或是他隱瞞了什麼祕密？

「即便有生物雇用你，這起密室竊案仍屬於異象警隊的職務範圍。抱歉，索斯塔。」達卡轉身對瑞瑪洛說：「你好好守著封鎖線，別讓任何人進出，就連一隻螞蟻也不行！」

達卡警長快步走進博物館。

「他的心情很糟，看來案情並不單純。」克勞斯說。

「他向來不都是這樣？你記得上次他……」瑞瑪洛忽然想起警長說的話，立刻改口：「抱歉，索斯塔，你真的該離開了。」

「好吧！再見，艾芬娜。」

跟著克勞斯離開博物館後，你總算鬆了一口氣。儘管他和異象警隊很熟，

你還是擔心他會因妨礙公務而被抓進牢裡。他快步前行，你看到他抽動鼻翼，這表示他一定聞到了食物的香味。你老闆的好胃口從不令人意外，畢竟他是個塊頭超級大的雪怪。

博物館附近停著一輛露營餐車，車身招牌上寫著：女巫的烤箱。女巫姐妹布莉姬．米可鳥和火娜拉．米可鳥正坐在車子外面，啜飲著銀色高腳杯裡的神祕飲料，紫髮怪物包特茲則在車裡洗碗。克勞斯細讀菜單，你卻有點猶豫，畢竟你們不久前才和這對會施魔法捉弄人的姐妹交手過，而且就你所知，她們揮動魔杖往往不會發生什麼好事。

「這不是索斯塔和他的人類小幫手嗎？」火娜拉說：「你們想要什麼？」

「你們有什麼？」克勞斯問。

「清湯和燉——燉——燉湯。」包特茲低聲說。

「有什麼不一樣？」

「燉湯——是——熱的，」他一個字一個字回答：「清湯——不——熱。」

「要不要來一杯熱巧克力？」克勞斯轉頭問你。你很樂意有個東西能暖暖手，但你不確定這兩個女巫調製出來的食物到底能不能入口。

「為這位雪怪和他的人類助理準備熱巧克力。」

「摩卡巧克，嘍叩恰！」火娜拉一邊念出咒語，一邊搖晃枯枝般的手指。

你忐忑不安的伸出手，不確定接下來會發生什麼事。突然，一個裝有熱巧克力的馬克杯憑空出現在你手上。你嚇得縮回了手，滾燙的棕色液體不小心潑濺出來，燙到了你的指尖。

你呼氣吹涼冒著煙的馬克杯和被燙到的手指，克勞斯則是一飲而盡。

「你們的外燴生意還好嗎？」克勞斯意猶未盡的咂咂嘴說。

「不太理想，我們正在考慮嘗試副業。」火娜拉說。

「例如什麼？」克勞斯問。

「不確定，也許我們會像你一樣，投入偵探業。」火娜拉回答。

「我們再怎麼樣也不會做得比你差，我打賭你根本不曉得是誰偷走時間海綿，對吧？」布莉姬說。

克勞斯好奇的揚了揚眉毛，「你知道時間海綿竊案？」

「大家都知道，報紙上有刊登。」火娜拉舉起一份《異常生物日報》。

「現在還有最新的版本。」布莉姬舉起另一份報紙，頭條標題是：

時間小偷仍逍遙法外，究竟是誰偷走了海綿？

「我開始懷疑，當初把神奇印刷機賣給格雷琴究竟是不是件好事？」火娜拉看著滿地的報紙，攤了攤手。

「這起竊案是一則大新聞。我認為是人魚偷走的，他們向來很狡『滑』，我敢說他們一定在盤算著腥臭可疑的詭計。」布莉姬說。

兩個女巫放聲大笑。

克勞斯皺起眉頭，「你的雙關語雖然很好笑，卻一點也不合理。人魚們負責將時間海綿運送到避風鎮，如果他們真的想偷走海綿，又何必大老遠把它送到目的地，再費盡心思偷走它？」

異常生物日報
消失的時間海綿，博物館密室竊案！
採訪報導／格雷琴・泡巴

「人魚的腦袋老是像浸了水一樣糊塗，對吧？他們的記憶力簡直跟金魚一樣只有三秒鐘。我們之前訂購的魔杖從來沒有送到過，從此就再也不請人魚快遞了。」布莉姬氣呼呼的說。

「更何況，他們只是負責運送海綿來參展，海綿真正的主人是『柏納德』，也就是那隻能穿越時空的龍蝦。」火娜拉說。

克勞斯點點頭，你則一頭霧水，完全搞不清楚什麼是穿越時空的龍蝦，可是你的老闆顯然對這個消息並不驚訝。

你再次感到心頭一緊，他知道的果然遠比告訴你的還要多。

「謝謝你們的熱巧克力。」克勞斯掏出錢包結帳。

「不論任何時間都歡迎光臨。時間，你有聽懂我的笑話嗎？就像時間海綿的時間。」火娜拉說。

「老實說，你的笑話比包特茲的襪子更舊更臭。」布莉姬說。

「襪子——子——」包特茲緩緩重複道。

克勞斯轉身對你說：「我們走。人魚快遞的員工通常會住在『不友善飯店』，剛好就在前面轉角，我們去找他們聊聊！」

他稍作停頓，接著又說：

「或者我們應該立刻回到犯罪現場，趁鑑識小組抵達之前，試著溜進去尋找線索？讓你決定吧！」

？你想跟人魚們聊聊嗎？

前往第44頁

人魚快遞

？或者你想去犯罪現場？

前往第27頁

牆上的守衛

牆上的守衛

「瑞瑪洛仍在前門看守，我們最好從後門進去。」克勞斯說。

你跟著克勞斯走進一條昏暗的小巷，兩旁堆著垃圾滿溢的垃圾桶，你感到心跳加速。你絕對不想惹毛正在氣頭上的達卡警長，現在卻不得不違反他要求你們遠離犯罪現場的禁令。

小巷盡頭有幾級石階，可以通往博物館的後門。克勞斯走過去準備推門而入，這時他的頭上響起了一個聲音。

「你，別走那麼快！」

你抬頭張望，看到一隻你見過最醜陋的滴水嘴獸。牠是屋簷排水管線的石雕裝飾，蹲坐在外牆的一角，面朝建築物的斜前方，因此只能用眼角餘光瞥見你。

「史辟茲，是你在說話嗎？」另一個聲音傳來。你看到屋簷的另一角也有一隻滴水嘴獸，牠因為角度的關係，只能斜眼看你。

「當然是我史辟茲啦！格蘭尼特，你覺得還有誰會在這裡？」第一隻滴水嘴獸沒好氣的回答。

「我不知道，畢竟我從來沒有真正的『看到』你，不是嗎？我以為你去度假了。」

「度假？」史辟茲大叫：「你以為我能打包行李、訂飯店，然後去度假？你難道不曉得我屁股上黏著一棟討厭的巨大建築物，連稍微分開一點都辦不到嗎？」

「如果你一直都在這裡，為什麼過去一整個星期，我都只能和一隻鴿子玩『找找看』遊戲？」

「我們被困在這個地方長達兩百二十六年兩個月五天三小時又十五分鐘，還有

什麼東西是我們沒找過的呢？」

格蘭尼特思索了片刻，說：「其實我一直沒找到那隻鴿子玩伴。」

史辟茲終於崩潰了，「這下你們明白我必須忍受什麼了吧？被困在這裡，什麼也不能做，只能聽牠說『我用我的小眼睛發現了一個東西。』」

克勞斯忍不住打斷牠，「我比較好奇的是昨晚的竊案。」

「噢！我很清楚這件事，」史辟茲終於冷靜下來，興致勃勃的說：「我剛好位在陶德惠索館長辦公室窗戶的上方。她超級火大，整個早上都在電話裡和保險公司討論這起竊案。」

克勞斯看著你說：「如果陶德惠索保了竊盜險，就能夠獲得一大筆賠償金。」

你把這件事記錄下來，在陶德惠索館長的名字旁邊寫下犯案動機。

克勞斯問道：「我知道海綿失竊的時間是在晚上十點到午夜十二點之間，當時有誰在博物館裡？」

「陶德惠索館長幾乎不曾離開博物館，她的臥室就在辦公室隔壁。依我看，她的嫌疑最大。」史辟茲說。

「達卡警長當時就守著展覽室，我從這裡都能認出他沉重的呼吸聲。」格蘭尼特說。

「他曾離開工作崗位嗎？」克勞斯繼續追問。

「快要午夜十二點的時候，我聽到腳步聲和沖馬桶的水聲。」格蘭尼特回答：「我猜他去『方便』一下。」

「聽你談到這件事，讓我想起昨晚曾聽見後門打開又關上的聲音。」史辟茲忽然插嘴道。

「你知道當時是幾點嗎？」

「我們看起來像是有戴手錶嗎？我只知道過了午夜十二點有人開關後門，因為我在那之前聽到了老爺鐘的報時聲。」史辟茲沒好氣的回答。

「你有看見對方的長相嗎？」克勞斯問。

「沒有，」史辟茲無奈的說：「我們所在位置的角度不太好。」

「大部分的訪客都是從前門進出博物館，除了可怕的格雷琴・泡巴，她總是從後門溜進來。」格蘭尼特補充。

「我以為你看不見誰從後門進出。」克勞斯懷疑的問道。

「我們是看不見，但格雷琴總是咆哮辱罵我們。」史辟茲說。

「她有一次罵我是沒用的石頭。」格蘭尼特委屈的說。

「她說我只是一個裝飾精美的排水管。」史辟茲也跟著告狀。

「還有她尖銳的笑聲，簡直能刺穿身體。」格雷尼特聳聳肩，抖落了一些碎石和灰塵。

克勞斯確認你已經把所有細節記下來。他很擅長蒐集情報，卻需要你的幫忙，才能釐清雜亂的思緒。就目前的情況來看，你們還得蒐集更多資料，畢竟現階段還很難從這些看似無關緊要的線索中理出頭緒。

「總之，博物館被封鎖了，達卡說誰都不准進去，尤其是像你這樣的人類。」格蘭尼特說。

你知道格蘭尼特說的就是你，這不是你第一次在暗影區遭受其他生物的懷疑和排擠。克勞斯拍拍你的背安慰你，讓你感受到溫暖和鼓勵，雖然他拍背的力道超級大，差點害你斷氣。

「這名人類是我非常重要的夥伴，請別小看他。既然兩位被黏在屋頂上，我猜你們也沒辦法阻止我們進去。」克勞斯說。

他走上石階，用肩膀把門頂開。儘管頭上那兩隻滴水嘴獸不斷抗議，你還是跟著他走進博物館。

踏入館內，克勞斯問你：

「我們應該上樓去找陶德惠索館長談談，還是待在這裡調查犯罪現場？」

? 你應該去找陶德惠索館長嗎？

前往第33頁

蛇髮女妖和備用鑰匙

? 或者你應該去展覽室察看？

前往第53頁

犯罪現場

蛇髮女妖和備用鑰匙

你跟著克勞斯走上陰暗的樓梯，所有窗戶的木製百葉窗都緊緊關著，唯一的光源是那些被困在古董大玻璃罐裡的躁動小生物。你仔細察看其中一隻，發現牠像蒼蠅一樣大，卻有著人類的外形，振翅速度快得幾乎看不見，每個小人兒都發出螢火蟲般的微光。這一切對你來說是如此不可思議，以至於有那麼一瞬間，你忘了自己置身何處、所為何來，直到克勞斯毛茸茸的大手放在你的肩上。

他低聲說：「保持專注。達卡警長就在樓下，如果他發現我們溜進來，絕對不只把我們轟出去，很可能會逮捕我們！我平時和他交情不錯，但他對於我決定離開異象警隊一直無法釋懷，每次我們聊天，他幾乎都會要求我回去復職。我現在只是個私家偵探，可沒辦法阻止他把我倆關起來。」

你們來到樓梯頂端，沿著走廊前行，一扇門上掛著館長的名牌。

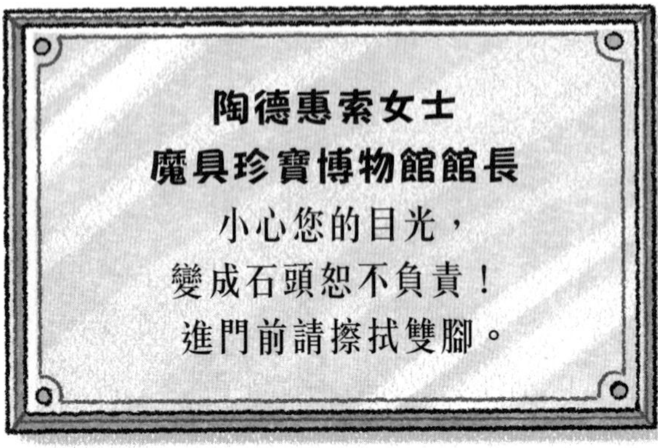
陶德惠索女士
魔具珍寶博物館館長
小心您的目光，
變成石頭恕不負責！
進門前請擦拭雙腳。

在展開行動前，克勞斯低聲向你說：「我曾經見過陶德惠索館長，那是很久以前的事了，現在她的視力大幅衰退，希望不會認出我來，這會讓事情好辦一些。不過，達卡很可能要求館長不要和任何人談論有關竊案的細節，我們只能見機行事。」

克勞斯敲敲門。

「請進。」一個聲音說。

克勞斯把手放在門把上，停頓一會才將門打開。他說：「你似乎很緊張。」

克勞斯說得沒錯。因為你剛才注意到他抓的並不是普通的門把，而是一隻石化的人手。

「別擔心，陶德惠索已經好幾年沒有把人變成石頭了。」

克勞斯試著安撫你，你仍忍不住想像那隻手的來歷，以及它曾經的主人。

「怎麼了？趕快進來呀！」陶德惠索館長有些不耐煩。

你帶著惶恐不安的心情，跟隨克勞斯走進陰暗的房間。書架上擺滿了書本、奇怪的雕像和稀有的藝術品。坐在辦公桌前的館長和你所想的蛇髮女妖完全不同，她身上穿著一件幾何圖案的羊毛衫，頭戴羊毛帽，手裡織著毛線，看起來跟個普通老奶奶沒兩樣。

「哈囉！你們是來幫我修理電腦的嗎？它罷工一整天了。」館長透過厚重的老花眼鏡，瞇著眼打量你們。

克勞斯向你眨了眨眼，回答：「對，我們是來修電腦的。」

「太好了！它無法列印，也無法打字，甚至不能開機……我現在才想起來，必須登入帳號和密碼才可以檢查博物館的庫存。現在電腦發生故障，對生意可是一點也不好啊！」她無奈的搖搖頭。

克勞斯扮演起電腦專家，並用鼻音說話：「我們一定會把您的電腦修好，請問是否能讓我仔細檢查呢？」

「當然。」陶德惠索館長站起身，快速走到房間另一端，坐在一張搖椅上繼續織手上的毛線。你對於她故意選擇配色不協調的毛線感到納悶，也很好奇她究竟在織什麼。

克勞斯彎下身，假裝檢查她桌子下的電腦主機，你看出他其實藉機在掃視辦公桌，四處尋找線索。你也正在做一樣的事情，同時還得留意陶德惠索館長的目光。她埋頭織著毛線，但又不時抬頭打量你們。你無法不注意這個舉動，因為她頭頂的羊毛帽不斷變形，偶爾還會發出嘶嘶聲。

「為什麼你們一次來了兩個人？」她問。

「這是我的徒弟。」克勞斯回答。

「原來如此，只要不出差錯就好。你知道的，我必須保持謹慎，畢竟這裡昨晚才發生了竊案。」

「這就是異象警隊駐守在這裡的原因嗎？」克勞斯故作隨意的問。

「即使他們在，也毫無用處。」陶德惠索館長嘆了一口氣，「時間海綿被偷的時候，達卡警長甚至在場親自擔任保全工作，結果呢？我就知道應該去找那家私人保全公司。」

「這可真是損失慘重……難道您沒有保竊盜險嗎？」

克勞斯試圖套話，而陶德惠索館長落入圈套了。

「要不是我付不出保費，否則就可以領到理賠金了。」

你再一次對老闆藉由聊天掌握消息的能力感到萬分佩服。

「一切都糟透了！這次的展覽本來是想重新引起社區居民對博物館的興趣，時間海綿正是其中最重要的展品。柏納德如果知道這件事，一定會大發雷霆。」館長懊惱的說。

克勞斯挪動電腦，問道：「柏納德？」

陶德惠索回答：「柏納德是能穿越時空的龍蝦，也是我的老朋友。我認識牠的時候，救了牠一命。當時牠不小心誤闖一間海鮮餐廳，差點被做成龍蝦沙拉，你聽說過這件事嗎？」

她輕笑幾聲，沒等克勞斯回答，又接著說：「牠欠我一份人情，我才能說服牠把時間海綿借給博物館展出。」

「將時間海綿納入這次展覽是您的主意？」克勞斯問。

「不，是歐萊里教授的建議，他說我的展覽需要博人眼球的明星展品。教授是時間方面的專家，後來事實證明他是對的，許多人在開展第一週就搶著預約觀賞時間海綿。」

「是歐萊里教授聯繫穿越時空的龍蝦嗎？」

「是我聯絡的。一般人很難找到柏納德，因為牠通常都在時間浪潮裡游泳，不斷往返於過去、現在和未來。」

克勞斯揚起一邊的眉毛，「我不太清楚那是什麼意思。」

你努力配合他，裝出迷惘的樣子。

陶德惠索館長解釋：「嗯……簡單來說就是時間旅行，而時間海綿是最重要的關鍵。如果沒有它，時空將不復存在。」

「您是怎麼聯絡上柏納德向牠借用時間海綿的？」

「是柏納德主動從未來聯繫我，大概是牠在未來發現我會在這個時候向牠借用海綿吧！總之，事情就這樣發生了。」

克勞斯一邊看向你，一邊吩咐：「原來如此。請確實記錄我們在這裡找到的所有問題。」

他說話的同時，不忘用鍵盤打字，假裝操作電腦。這種事不需要克勞斯特別提醒，你一直都在做筆記，確保沒有遺漏任何資訊。

「電腦修得順利嗎？」館長問。

「我還在尋找造成問題的可能原因。」克勞斯回答。

你知道他不是指電腦，而是竊案。

「歐萊里教授知道海綿的來歷，人魚快遞把它運送過來，達卡警長和瑞瑪洛巡佐負責看守，格雷琴．泡巴則撰寫報導。昨天是否有其他人造訪博物館呢？」克勞斯問。

年邁的館長停下手邊的動作，「以電腦維修人員來說，你的問題實在太多了。你該不會也是記者吧？」

克勞斯大笑，「不。我才不像格雷琴，我關注的是真相。」

陶德惠索館長狐疑的說：「是嗎？那個報喪女妖擁有神奇印刷機，對我造成很大的壓力。假如真相是她為了炒作新聞而偷走海綿，我也不覺得意外。她似乎樂見竊案引起熱議，居然在短時間內出版了三種版本的報導。」

你發現她桌上放著好幾份《異常生物日報》，其中兩份就是米可鳥女巫姐妹先前給你們看的，另一份的頭條寫著：

「我們需要更多時間抓賊。」達卡警長懇求。

「走開！這件事已經夠我忙的了。」焦急的達卡說。

「可不可以別再引用我的話當作標題？」可憐的警長哀求。

你聽見陶德惠索館長的頭頂發出一陣嘶嘶聲，為了避免直視蛇髮女妖的眼睛，你趕緊把目光移開，這時你注意到牆上有一排巨大的鑰匙。

所有的鑰匙都朝著同一個方向懸掛，除了其中一把標示「主要展覽室」的鑰匙和其他把呈反方向。你思索著這究竟有何意義，也許沒什麼，也許意味著不論是誰把它掛上去，當時一定很匆忙。

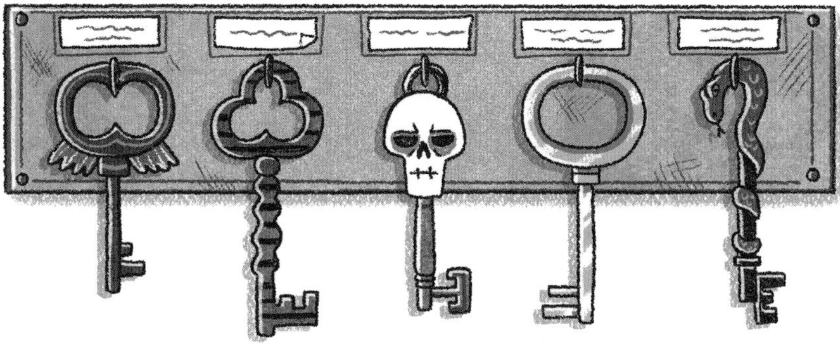

陶德惠索館長叨叨絮絮的抱怨：「對那名記者來說，這一切只是幫助提升報紙銷量的八卦而已。幾百年來，我的博物館一直是暗影區居民的精神支柱，可惜如今沒有人關心歷史人文了。新任的夜間市長弗蘭肯芬博士甚至想把博物館改建成購物中心……庸俗的購物中心啊！這場展覽務必成功，才有機會阻止弗蘭肯芬，可是現在達卡警長為了調查案情，封鎖了整棟建築，遊客根本進不來。」

「您一定很不好受。」

直到剛才，克勞斯都完美扮演電腦維修人員的角色，結果卻在表露真誠的同情時，不小心忘了裝出鼻音。不只你注意到這個變化，陶德惠索館長坐直了身子，放下織到一半的毛線，拿下她的羊皮帽。

一窩扭動的蛇盤踞在她頭上，牠們緩緩扭動身體，吐著分叉的蛇信，發出可怕的嘶嘶聲。這些蛇看起來年紀一大把，卻仍令人恐懼。

「你讓我想起某個人。」陶德惠索館長緩緩的說。

克勞斯察覺館長起了疑心，便連忙裝出鼻音說：「我們只是熱心的電腦維修人員，而且問題已經找到了。」

他把插頭塞進插座，然後按下開機鈕，電腦啟動了。

「您只是忘了插插頭，電腦沒有問題。我們該去服務下一個客戶了，附近還有一位巨魔連不上網路。」

你們趁陶德惠索館長發現克勞斯的身分之前，匆匆離開。你很高興能脫離她的視線範圍，只是走出房間時覺得身體似乎有些僵硬。你並沒有被變成石頭，卻懷疑自己的骨頭比之前更重了。

你跟著克勞斯走下樓。突然，你們聽見樓下傳來交談聲。

「早安，蘇西。」

「早安，比爾。是這個房間，對吧？」

「對，就是這裡。」

克勞斯微微探出頭查看，「可惡，是食屍鑑識小組，他們來蒐證了。我們必須先離開犯罪現場，稍後再回來。」

你們快步走出博物館，小心翼翼的避開滴水嘴獸的視線，平安回到華生身旁。此時的外頭正下著毛毛細雨。

「接下來要去哪裡呢？陶德惠索館長說是歐萊里教授建議展出時間海綿，也許我們應該找他聊聊。或者我們先去拜訪記者格雷琴·泡巴？陶德惠索說得對，她顯然對於這起竊案熱衷過了頭。」

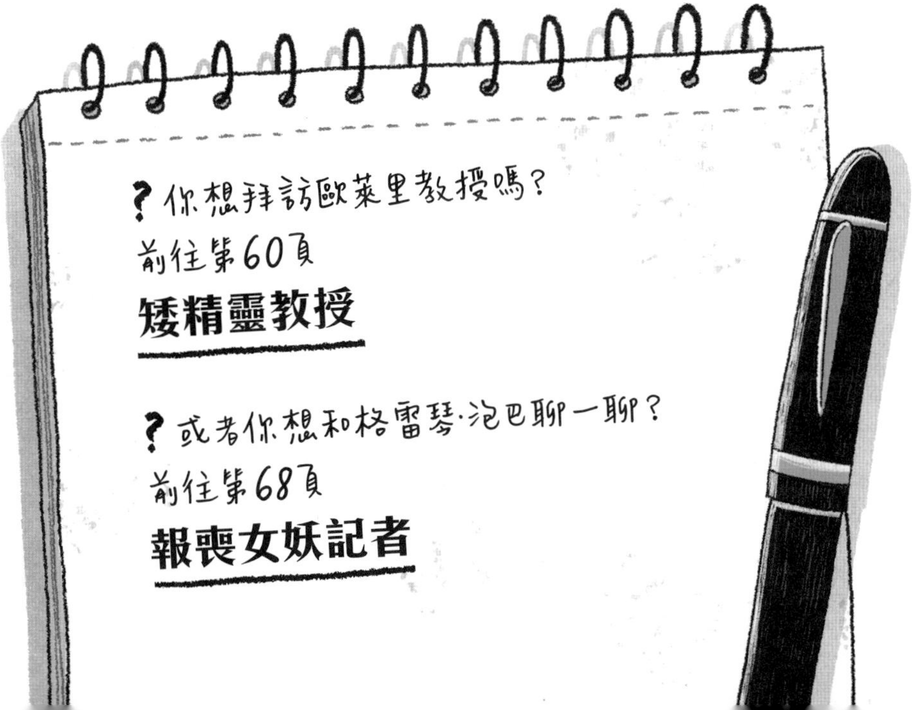
?你想拜訪歐萊里教授嗎?
前往第60頁
矮精靈教授
?或者你想和格雷琴·泡巴聊一聊?
前往第68頁
報喪女妖記者

人魚快遞

任何旅遊指南都不會把不友善飯店列為避風鎮的下榻首選。該建築的大部分窗戶都封上了木板，窗簾老舊發霉，從破敗頹圮的外觀看來，感覺已歇業多時。克勞斯打開門走進去，你發現壁紙剝落了，櫃臺到處都是斑駁的刮痕，整個大廳半個服務生也沒有，於是克勞斯按下服務鈴。

櫃臺後方牆壁上的一個咕咕鐘有了動靜，一隻木製的咕咕鳥探出頭來。

「請不要按服務鈴。」咕咕鳥說完便縮回鐘裡。

克勞斯又按了一次服務鈴。

咕咕鳥又出現了，「我說，請不要按服務鈴，你很煩吔！」

克勞斯嘆了一口氣，你忍不住掩嘴偷笑。在避風鎮暗影區，就連咕咕鐘都能跟你聊上兩句，這正是你喜愛這份工作的原因之一。

「我們……」克勞斯來不及說完，咕咕鳥又回到鐘裡了。

他再次按下服務鈴。這次當咕咕鳥一出現，克勞斯馬上揪住牠的鳥喙，讓牠既回不了鐘裡，也無法開口說話。

「嗯嗚咕嗯咯嗯……」咕咕鳥嘟囔著。

「我是來找人魚的，如果你願意告訴我他們在哪裡，我就不再按服務鈴了，好嗎？」克勞斯說。

「嗯嗚嘶嗯姆嗯……」咕咕鳥口齒不清的求饒。

克勞斯放開牠的嘴。

咕咕鳥很不高興的抖了抖木頭翅膀後，才說：

「人魚都在樓下的泳池。他們是很糟糕的客人，平時喧嘩吵鬧，用餐後杯盤狼藉，而且居然用扇貝付小費！顯然，人魚不用金錢交易。總之，我要回去鐘裡了，請遵守承諾，不要再按服務鈴！」牠說完便迅速躲了進去。

克勞斯聳聳肩，找到一扇通往泳池的門，你們一起走進去。池畔有三張摺疊式輪椅，空氣中瀰漫著氯的味道，刺耳的歌聲在牆壁之間迴盪。你一直以為人魚的歌聲應該是悅耳、舒心的，此刻你聽到的聲音卻低沉又粗啞，完全顛覆你的想像。

「吉米是男人魚，他最喜歡吸大姆指，當他還是淘氣的男孩，他媽媽會狠狠修理他——」

你和克勞斯往前走了幾步，三隻人魚映入眼簾。其中兩隻女人魚並沒有你所想得穿著彩色貝殼比基尼，而是呆板的黑白條紋連身泳衣，上面甚至印著由兩個M組成的快遞公司商標。她們的髮色鮮豔，彷彿往頭上倒了整罐的染髮劑。

第三隻男人魚坐在泳池邊，把魚尾泡在水中。他穿著連身泳衣，頭頂光禿一片，下巴長著濃密的黑色絡腮鬍，胸口滿是胸毛。

「你打斷我唱歌了。」男人魚不太高興。

「就是說啊！佛瑞德對於唱歌這件事非常在意。是不是？艾米麗。」紫色頭髮的人魚說。

「你剛剛說什麼？安娜貝爾。」綠色頭髮的人魚問。

「呃，我不確定。」安娜貝爾轉頭對你和克勞斯說：「嘿！你們是負責客房服務的嗎？」

「差不多該送來了。」艾米麗說。

「對啊！我們的薯條在哪裡？」佛瑞德說。

克勞斯機靈的順著話回答：「待會就送來了。哇！我是第一次見到男人魚。」

「我是一隻男人魚沒錯，有問題嗎？」

「當然沒有，很抱歉，我無意冒犯。」克勞斯趕緊道歉。

安娜貝爾出面緩頰，「別把佛瑞德的話放在心上，他肚子餓的時候脾氣會比較暴躁。話說，我們點的薯條……」

「什麼薯條？」艾米麗問。

「我們來點一些薯條吧！」佛瑞德說。

「我們已經點過了。」安娜貝爾說。

「點過什麼？」艾米麗問。

「我也不確定。」安娜貝爾回答。

佛瑞德轉身問你：「你們到底是誰？薯條大廚？」

克勞斯和你交換了一個困惑的眼神，「我們想請教幾個問題。」

「有關薯條嗎？」佛瑞德依然對薯條念念不忘。

這三隻鬼打牆的人魚實在太逗趣了，同時也把你們弄得暈頭轉向。

「你們還好嗎？」克勞斯皺著眉問。

安娜貝爾像是忽然想起什麼，說：「讓他看那張卡。」

「噢！對，那張卡。」艾米麗也如夢初醒。她抓起一件掛在泳池邊的浴袍，掏出一張小卡交給你。那張卡早已溼透，上面的字跡被水暈開，幸好還能勉強辨讀。原來這三隻人魚的失憶症嚴重到必須利用卡片來提醒自己和別人。

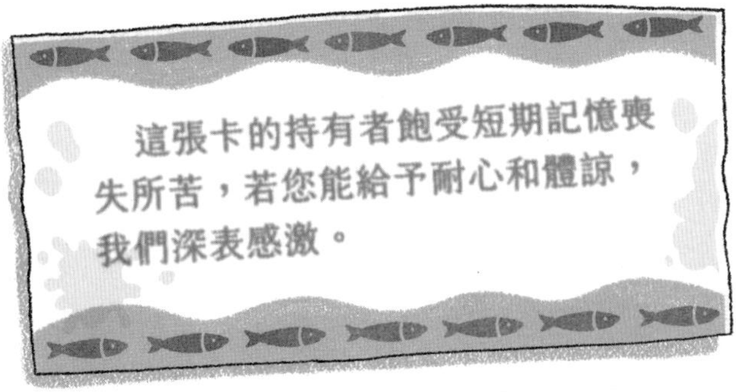
這張卡的持有者飽受短期記憶喪失所苦，若您能給予耐心和體諒，我們深表感激。

你把那張卡還給她。

「我們想問幾個關於時間海綿的問題。」

三隻人魚一起跳回水裡，製造出巨大的水花，池水四處漫溢。

安娜貝爾冒出水面說：「我記得那件事！我們昨天把它送到博物館了，而且本來應該在展覽結束後，把它送回去。」

「我以為這段期間，可以在小鎮好好逛逛呢！」佛瑞德說。

艾米麗抱怨道：「這裡的消費方式跟海底世界差好多喔！在我們家鄉，統一都用蛤蜊和扇貝付款。」

「家鄉的商店也只賣蛤蜊和扇貝呀！」安娜貝爾吐槽。

「你們的家鄉在哪裡？」克勞斯問。

「亞特蘭提斯，那裡也是我們公司倉庫的所在地。」艾米麗回答。

「為什麼我們談到倉庫？」安娜貝爾問。

「我不記得了。」艾米麗說。

克勞斯萬分無奈的看了你一眼。想從這三隻人魚口中問出有意義的線索，勢必得耗費很大一番工夫。

克勞斯來回深呼吸幾次後，才繼續說：「我想請教有關時間海綿的問題，我知道你們受人雇用把它送來避風鎮。」

「沒錯，是小柏雇用我們的。」安娜貝爾說。

「能穿越時空的龍蝦。」艾米麗補充。

「我記得牠，牠說話很瞎，對不對？」佛瑞德附和。

「牠不瞎，牠只是一隻龍蝦。」安娜貝爾翻了個白眼。

「對啦！我剛剛在胡說什麼？」佛瑞德大笑。

「我不記得了。」安娜貝爾一臉迷茫。

「關於時間海綿……」克勞斯漸漸失去耐性，而你也感同身受。

「它不在這裡，我們已經交給戈爾貢了。」艾米麗插嘴。

「也就是陶德惠索館長。」克勞斯為你補充說明。

「當時她身邊有一個綠色的小傢伙，似乎對海綿非常感興趣。他一看到海綿，便一把搶了過去。」安娜貝爾回想。

「那是歐萊里教授。」克勞斯說。

「就是他！」安娜貝爾大喊。

「就是誰？」佛瑞德問。

「我不記得了。」這已經變成安娜貝爾的固定臺詞。

「我腦海裡的想法一直漂走，幸好它們通常會再游回來。」艾米麗說。

安娜貝爾和佛瑞德又濺起一個大水花，然後消失在水裡。

「我想這已經是我們目前能問出的所有資訊了。」克勞斯對你說。

「別忘記我們的……我們剛剛點了什麼？」艾米麗問。

「薯條。」克勞斯的理智線快斷了。

「有誰提到薯條嗎？」佛瑞德浮出水面。

你們無奈的走回大廳，腳上的溼鞋子不斷發出吧唧吧唧的聲響。克勞斯離開飯店前，對著咕咕鐘大喊：「嘿！謝謝你的幫忙！」

鐘裡傳出一個聲音說：「感謝你不再按服務鈴。」

你們站在飯店外，克勞斯轉過身問：「歐萊里教授在暗影大學任教，我們可以去那裡找他聊聊，了解他為什麼對時間海綿有興趣。不過，我們恰好在案發現場附近，也可以偷溜進博物館仔細搜查。你覺得如何？」

？你認為應該回到犯罪現場嗎？

前往第27頁

牆上的守衛

？或者你想去見歐萊里教授？

前往第60頁

矮精靈教授

犯罪現場

「放輕腳步，這個博物館很老舊，走路發出的聲音比一大群躁動的地精還大聲。」克勞斯悄聲提醒。

你們躡手躡腳的走在掛滿油畫的長廊，每一幅都畫著長相怪異的野獸和奇特的生物。走廊上有一座老爺鐘，規律的發出滴答聲。展覽室的門敞開，被拉起了封鎖線。克勞斯停下腳步，指著牆壁上的一面鏡子，鏡中映照出展間內部。

達卡警長背對著你們，站在展間中央的一個展示櫃前。他細細端詳了好一會兒，才轉身往外走，那張巨大的公牛臉在鏡中步步逼近。克勞斯拍拍你的肩膀，示意你趕快離開。你們沿著走廊快步往

回走，繞過轉角及時躲好。幸虧達卡警長朝另一個方向走到前門，你們才沒有暴露行蹤。

你聽到達卡對著警用對講機說：「讓食屍鑑識小組進來。」

「是！長官。」瑞瑪洛巡佐透過對講機回答，接著展覽室的門被關上。

克勞斯確認安全後說：「他走了。我們時間不多，鑑識小組幾分鐘之內就會到這裡蒐證。」

你們快速溜回展覽室，克勞斯必須蹲得很低才能穿過封鎖線，而你只低下頭就輕鬆通過。你們進入展間，時間之旅特展的所有展品盡在眼前。

一碗黏呼呼的灰色物質吸引了你的目光，它讓你聯想到攪拌好的蛋糕麵糊。你靠近導覽牌，仔細閱讀上面的文字，才知道它可不是普通的麵糊。

「不要碰任何東西。」克勞斯發現你的舉動，趕緊

命運餅乾麵糊

攪拌碗裡的材料，靜候十秒鐘，

即可喚醒命運餅乾麵糊！

未來的真相在碗裡向你招手，

請念出即將被說出來的字句。

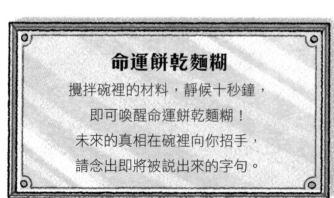

時不時出現燈

這座燈存在於不同的時空，

永無止盡的穿梭於過去、現在和未來。

注意：限用四十瓦的燈泡，並請隨時收好電線。

出聲制止。所有展品都有著莫名的吸引力，然而這裡是犯罪現場，你必須避免破壞任何可能的線索。

「命運餅乾麵糊」的另一端陳列著「時不時出現燈」，它看起來像是普通的檯燈，卻會不斷消失，又在幾秒鐘後重新出現。要不是它拖著又長又黑的影子，你會懷疑它只是個立體投影畫面。

展間另一端是一個配有水龍頭和鏡子、沒有接上水管的洗手臺，導覽牌上寫著「記憶洗手臺」。

記憶洗手臺

輕碰水面，查看過往。

真相將一一浮現。

體驗後請洗淨雙手，保持乾淨是好事！

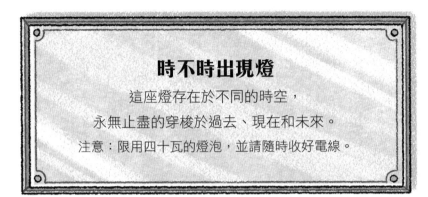

你知道現在應該將心思放在工作上，卻難以控制自己。你的工作是剖析線索、挖掘過去的真相，現在只需藉由記憶洗手臺，就能一窺已經發生過的事！你傾身向前，目不轉睛的盯著水面。起初一切看起來都很正常，不久後水中開始產生漩渦，你的手不自覺被吸引過去，當指尖輕輕觸碰到水面，一個影像緩緩浮現。

影像中出現你此刻所在的展覽室，只是擠滿了人。你看見一位身穿羊毛衫、頭戴羊毛帽的老婦人，正在對達卡警長說話。你聽不見他們說了什麼，只能從達卡的嘴形依稀判斷他在說：「陶德惠索館長」。展間裡還有一個臉色灰白的紅髮女人，她拿著一臺錄音機，訪問一位戴著綠色帽子的矮小男人，她想必是電臺廣播裡經常出現的連線記者。那個矮小的男人是時間旅行專家歐萊里教授，他和記者的目光都落在時間海綿上。

水面突然劇烈晃動，剛才的影像瞬間消失，取而代之的是另一個畫面——博物館大門外。此時夜幕低垂，你看見黑暗中有一個人獨自拿著手電筒，抬頭望向博物館，那人正是你的老闆克勞斯。

你不確定這個影像意味著什麼。你轉過身去環顧四周，確認和你一起待在展間的克勞斯是否在看著你。

今天清晨他接你上車時，並沒有提起他來過博物館。你想透過更多影像來釐清思緒，可是當你回頭查看時，記憶洗手臺已經恢復正常了。

「你有發現什麼嗎？」克勞斯問。

你搖搖頭。

「我也毫無收穫。」他說。

你走到他所在的展示櫃旁，櫃子上有一塊小絨布墊，從它塌陷的形狀來看，那裡原本應該擺放著時間海綿。你湊近端詳，注意到墊子底下有一根毛髮。那根毛髮是白色的，和你老闆的毛色一模一樣。

遠方忽然傳來陣陣腳步聲。

「不好了，一定是食屍鑑識小組，我們得立刻離開。」克勞斯說。

你們迅速走出展覽室，悄悄沿著走廊溜到後門。此時，幾個說話聲從遠處慢慢逼近。

「早安，蘇西。」

「早安，比爾。是這個房間，對吧？」

「對，就是這裡。」

你們走出博物館，趁滴水嘴獸打瞌睡時逃離他們的視線範圍。直到你們抵達安全區域後，克勞斯才停住腳步。

「嗯……我們都沒有在這次的行動找到可疑的線索，而且還得等鑑識小組蒐證完畢，才能再次靠近那裡。」

你仍在思索方才在記憶洗手臺裡看到的影像。你有股衝動想要直接問克勞斯，但他畢竟是你的老闆，你必須信任他。況且，影像中還出現其他嫌疑犯，歐萊里教授和格雷琴．泡巴甚至用極度渴望的神情注視著時間海綿。記憶洗手臺究竟想要告訴你什麼呢？

克勞斯似笑非笑的看著你說：「你看起來像是活見鬼了。」

說不定活見鬼還比較好呢！你寧願和鬼打交道，也不願意發現你的老闆始終在欺騙你。你決定暫時保持沉默，把焦點放在記憶洗手臺出現的另外兩名嫌疑犯。你想先去找誰呢？

?「我認為我們應該去見教授。」

前往第60頁

矮精靈教授

?「我認為我們應該和那位記者談談。」

前往第68頁

報喪女妖記者

矮精靈教授

避風鎮遙遠的另一端，有一幢顯眼的紅磚建築座落於魚肉工廠後方，那就是暗影區的最高學府——暗影大學。你們踏入這所大學的中庭，聞到了從魚肉工廠飄散出來的濃郁鮮味。學生和老師們在校園裡忙碌穿梭，這時你注意到演講廳裡傳來一個曾聽過的熟悉聲音。

「那是歐萊里，」克勞斯說：「他一定是在談論有關時間旅行的話題。」

你們來到演講廳門口，從門上的小窗往內觀察，發現裡頭座無虛席，聽眾包括狼人、吸血鬼、幽靈和哥布林，他們全都安靜的坐著，專心聆聽臺上的矮小男人說話。男人留著山羊鬍，眉毛濃密，戴著一頂大大的綠色帽子。

克勞斯提醒道：「歐萊里教授是一位矮精靈。雖然傳說矮精靈會把黃金藏在彩虹的盡頭，你可千萬別對他提起這件事，他對老掉牙的話題有些敏感。總之，由我負責跟他談話，以免出差錯。」

你當然舉雙手贊成！透過聊天取得情報是老闆的專長，你的優點則是聆聽和觀察。雪怪老闆是團隊的嘴巴，而你是耳朵。

演講到了尾聲，你聽見臺上的教授用濃厚的愛爾蘭口音說：「就像我在我的前兩本暢銷書《未來的歷史》和《過去的未來》中所說，時間不是一種強制力，也不是一種法則；時間是一種引導，它像是一張地圖，而不是明確的路徑。」他稍作停頓，好對自己做出的結論表達滿意的微笑，然後繼續說：「談到時間，我們的演講快結束了，有問題的同學歡迎提出。噢！如果你還沒有買我的書，可以到以下這些地方購買……」

教授的話被學生急著步出演講廳的吵雜聲無情淹沒，你聽到有些學生在交換彼此的心得。

「他的演講真有啟發性。」一個飄在半空的幽靈學生若有所思的說。

「拜託！教授只是引用他那兩本舊書裡的內容。他已經好多年沒有原創性的想法了。」一位喪屍少年抱怨。

「我聽說他寫作遇到了瓶頸……」一個年輕吸血鬼壓低聲音說。

學生們列隊走出演講廳，你和克勞斯則逆向而行，來到講臺旁。歐萊里正站在講桌前整理他的講稿。

「教授，你好。」克勞斯客氣的打招呼。

矮精靈轉過身，露出燦爛的微笑說：「噢！索斯塔，願你有美好的早晨。這位是誰呀？」

「我的助手。我們來這裡是為了尋找時間海綿。」

「原來如此。」教授想了想，說：「那件案子不是異象警隊負責的嗎？你沒有復職吧？」

「我擔任警官的時光早就過去了。」克勞斯果斷的回答。

「噢！那隻老公牛達卡一定很希望你回去，畢竟這起竊案恐怕超過他們能力所及。」教授說。

「你怎麼會這麼認為？」

「不論是誰持有海綿，都可以任意暫停時間。」歐萊里停下手邊的動作，表演時間暫停的樣子，接著咯咯笑著說：「一旦靠近竊賊，他便會擠壓海綿，從容不迫的逃走。」

「為什麼你剛才用的主詞是『他』？」

歐萊里趕緊解釋：「也可能是她，或是它，或是它們。唉！我覺得我也該對這個案子負起部分責任。」

「為拿走時間海綿的部分負責嗎？」克勞斯挑了挑眉。

熱門暢銷！
過去的未來
未來的歷史
作者
歐萊里教授

「不，你誤會了。我的意思是，是我建議將時間海綿納入展品之一。」

「我知道，而且你昨晚參加了夜間記者會。」克勞斯不打算放過他。

歐萊里教授從講桌上拿起一枝綠色鋼筆，往手提包裡一丟，「我昨天必須去現場檢查海綿的真偽，並為大家展示它的神奇力量。」

「你真的擠壓它了？」

「只有一下子而已。它是個不可思議的寶物，它被擠壓時，會吸走時間，暫停向前的時間流。」歐萊里承認。

「請你用讓人聽得懂的話解釋。」

「噢！抱歉。簡單來說，海綿被擠壓時，大家的時間都會暫停，僅持有者不受影響。擠壓得越用力，時間停頓得越久。我昨晚只是輕輕一壓，時間便暫停了幾秒鐘，假如用力擠壓，時間可能暫停幾小時，甚至一整天！」

「聽起來真是不可思議。」

「的確，看到時間在自己手中暫停一會兒，是非常令人興奮的經驗。」歐萊里教授附和。

「教授，雖然我們是老朋友，但你接觸過海綿，也對它的神奇力量很感興趣，我實在很難不把你列入嫌疑犯名單。」

「我？」歐萊里教授尖聲說道：「我為什麼要偷時間海綿？」

「你倒是告訴我啊！」克勞斯不著痕跡的使出激將法。

教授立刻恢復了理智，反駁道：「先別急著指控我，我在最新版的《異常生物日報》看到，你被發現昨晚在博物館四周探頭探腦！」

你望了老闆一眼，他看起來不太高興。你很好奇他會不會因為格雷琴的造謠而暴怒，又或者……她說的是實話？

「現在不是在討論我的行蹤。」克勞斯說。

「我也不希望被拿來討論。」歐萊里教授闔上手提包，「抱歉，我得離開了。如果你想找出時間海綿，應該先了解它的擁有者。」

「你是說穿越時空的龍蝦？」

「是的。牠和時間海綿之間的連結，遠遠超出你的想像，這一切全都寫在牠的自傳裡。我已拜讀過，內容非常有趣，只是不好理解。牠的語法一直在過去式、現在式和未來式之間切換，缺乏寫作應有的邏輯。」

「可以在石水書店找到這本書嗎？」

「不行，這本自傳是限量版，而大學附設的異類圖書館恰好有一本。我現在必須先去幫幾個學生個別輔導，如果你們想看看那本自傳，一小時後在圖書館前跟我碰面，我帶你們進去。」

「謝謝，也許會對破案有幫助。」克勞斯說。

「先這樣說定啦！我稍後再過來和你們會合。」教授行色匆匆的離開了。

直到教授走遠，克勞斯才轉過頭來對你說：「儘管他主動提供協助，他仍在我的嫌疑犯名單上。我們應該在等待的期間先做什麼呢？我認為應該去拜訪格雷琴．泡巴，她身為記者，知道的一定比大部分人更多。闡述事實並非她的強項，只能祈禱她透露一些可信度高的情報。」

克勞斯直直看著你。

「你怎麼想呢？現在要去造訪《異常生物日報》的辦公室嗎？」

? 你認為該是找格雷琴談談的時候嗎？

前往第68頁

報喪女妖記者

? 或者你想知道克勞斯昨晚是否真的單獨出現在博物館附近？為了掌握所有線索，你認為現在應該先確認他究竟對你隱瞞了什麼嗎？

前往第75頁

指控克勞斯

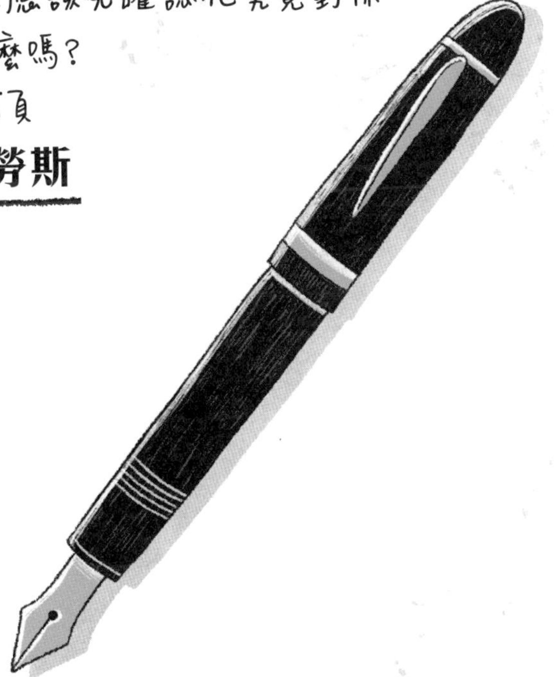

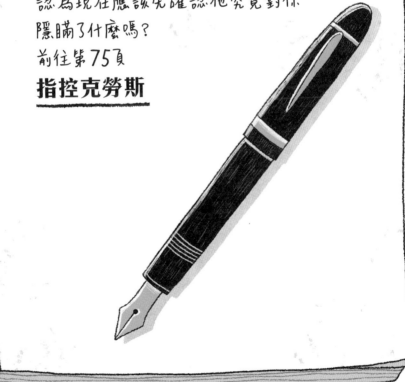

報喪女妖記者

避風鎮有兩大報，鎮上由人類經營的書報攤販售的是《避風紀事》，報導內容包括政治、社會、財經、體育、影藝等。

《異常生物日報》報導的則是關於暗影區的新聞，報社位於一間由海妖經營、名叫「冰冰有你」的飲料店樓上。你們抵達報社樓下時，耳邊傳來迷人的歌聲。你從飲料店櫃檯望進去，看到女店員們吟唱著店裡所有的飲品口味：「我們有巧克力或檸檬、軟糖蛋糕或香瓜、草莓或奇異果、香蕉或覆盆子……」

克勞斯一臉著迷的說：「聽起來很不錯，也許我們應該買一杯試試。」

你很想同意老闆的提議，可是你們還有重要的工作要做！你指著通往《異常生物日報》辦公室的金屬樓梯。

克勞斯眨眨眼，總算回過神，「抱歉，我實在無法抗拒海妖的誘惑，我敢說我又會花上一整天來決定要選哪種口味。」

故作鎮定的走過有海妖推銷的飲料店，遠比想像中困難。隨著步伐走近，女店員們的誘人歌聲變得更加清晰：「飲品眾多，香濃甜美，何不好好犒賞自己？」即使走進報社，仍聽得見她們的聲音。

髒兮兮的窗戶旁有一張辦公桌，坐在桌子後方的是一位留著紅髮的記者，她煩躁的用腳跟敲著地板。

「小聲一點，樓下的海妖！我們這裡還有生物得動腦工作討生活，不像你們只要坐在店裡搔首弄姿！這些海妖真是樂得輕鬆啊！」

她抬頭看向你們，眼裡閃爍著憤怒的火光。你早已習慣在工作上遇見各式各樣的生物，而格雷琴絕對是最令你畏懼的一位。

她酸溜溜的說：「喔！原來是克勞斯．索斯塔先生，曾經是異象警隊最有前途的年輕警官之一，現在卻變成一個可悲、收入不穩、靠著到處打探他人隱私來餬口的私家偵探。」

「彼此彼此。」克勞斯語帶嘲諷的回敬格雷琴。

「很高興見到你從失去前任助手的傷痛中走出來。」格雷琴轉向你，說：「上一個助手發生了什麼事？被噴火龍吞掉了，對吧？」

克勞斯回答：「他只是掉進一個無底洞。我不是來談這件事的，我想要聊聊時間海綿的案情。」

「喔！你要認罪？很好，很好！」格雷琴立刻抓起錄音機，湊到克勞斯的鼻子前問：「你為什麼要拿走時間海綿？」

你看著克勞斯，想知道他面對指控會有什麼反應，結果他居然笑了出來。

「我？我可沒有出現在犯罪現場。」他說。

「真的嗎？請問你如何解釋這個畫面？」她拿起一張在夜晚拍攝的模糊照片。

你認出那是博物館的大門，前方站著一個巨大的模糊身影，全身覆滿白毛，手裡還握著手電筒。雖然無法百分之百肯定，看起來的確很像你的老闆。

「別拿這麼薄弱的證據出來丟人現眼。」克勞斯不

疾不徐的回答：「我是鎮上的老住戶，之前也曾去過幾次博物館，這張照片可能是幾個月前拍的。」

「這是昨天凌晨兩點三十六分拍的。」格雷琴回嗆。

「那不是竊案發生後的兩個半小時嗎？」克勞斯反問。

「你承認照片裡的是你嘍？」格雷琴咄咄逼人的追問。

「請搞清楚，現在是我在訊問你。在時間海綿失竊之前，你就在現場，而我可以想出一籮筐的理由來解釋為什麼像你這樣的記者會想要拿到時間海綿。」

「例如？」格雷琴挑釁的問。

「例如它可以讓你永遠趕得上截稿時間，你便能充分發揮『專長』，杜撰更多勁爆的新聞。」

格雷琴按下錄音機的暫停鍵，「我沒有時間海綿，也能準時截稿！如果有什麼事情是我不知道的，我就自己捏造瞎編。而且自從我買了那臺神奇印刷機，隨時都

能出版最新的報導！」

「時間海綿的報導進度如何？」克勞斯問。

「不太順利，達卡警長完全沒提供任何有用的消息。話說回來，他有派上用場過嗎？」

她按了按錄音機上的幾個鍵，達卡怒斥的聲音瞬間傳出，「別煩我！你這個討厭的報喪女妖！」

格雷琴繼續說：「犯下這起案件的很可能是陶德惠索館長，她可以用它來暫停時間，以阻止夜間市長把她的博物館改建成這個小鎮真正需要的設施。」

她再次按下播放鍵，一個年長女性的聲音伴隨著蛇的嘶嘶聲說：「請滾出我的辦公室！」

「或是歐萊里教授？他能夠藉此延長新書寫作的時間。」

格雷琴裝出一個尖銳的愛爾蘭口音，模仿教授說道：「我？拿走時間海綿？真是太荒謬了！」

「還有借出這件寶物的穿越時空龍蝦，」格雷琴用手托腮，撐在桌上，「可是牠太神祕了，我無法找到更多關於牠的資訊。」

「你覺得牠也可能涉入此案嗎？」克勞斯問。

格雷琴聳聳肩，「我還沒有仔細研究，不過我會找到適當的切入點。我的讀者很喜歡時間旅行的主題，而且我正努力爭取在地海鮮餐廳的贊助。如果你不介意，我該開始寫我的報導了。等你發現更有趣的事情，再來找我吧！當然，要是你想親口認罪，我隨時歡迎。」

「我會緊盯著你。」克勞斯鄭重聲明。

「我也會緊盯著你。」格雷琴毫不退縮的站起來。她目露凶光，緊握雙拳開始狂笑，笑得你頭暈目眩。一陣冷風吹過，凌亂的手稿在室內四處飛舞。

「我們該離開了。」克勞斯說。

你一聽到老闆說這句話，立刻用跑百米般的速度衝下樓。你沿街狂奔了好一段距離，直到再也聽不見報喪女妖的狂笑和飲料店海妖的吟唱。

克勞斯邊走邊抱怨：「她害我的頭好痛，而且她剛才說的每件事都不值得相信。」

你知道他說得對，卻忍不住想起他在博物館外被拍到的照片。他是不是對你隱瞞了什麼？

克勞斯說：「我們應該調查這隻龍蝦，避風鎮的異類圖書館是最理想的地方，而那裡只有暗影大學的教職員和學生可以進出。希望歐萊里教授的工作能夠盡快結束……」他停頓片刻，注視著你。你很好奇他是否能看出你眼中的懷疑。

「還好嗎？你似乎心事重重。」

你的回答是？

?「不，沒事。我們去圖書館吧！」

前往第79頁

異類圖書館

?「克勞斯，你必須告訴我發生什麼事。我知道你有事情瞞著我。」

前往第75頁

指控克勞斯

指控克勞斯

指控老闆有事情瞞著你，實在令人惶恐，但你仍鼓起勇氣告訴他，你覺得他沒有對你完全坦白。你細數種種證據，甚至差點脫口說出，自己懷疑他可能和這件竊案有關。

你把心裡的話一口氣全倒了出來。這是你為克勞斯工作以來，兩人之間首次出現如此尷尬的沉默。

克勞斯嘆了一口氣。

「你是個好助手，我不應該欺騙你。你說得沒錯，我從一開始就沒有把每件事據實以告，現在該是開誠布公的時候了。我需要你協助破解這個案子，不能讓你因為懷疑我涉入此案而分心。」

你坐在副駕駛座上，撫摸著華生柔軟的毛皮座椅。華生發出舒服的呼嚕聲，你緊張的等待雪怪老闆娓娓道來。

克勞斯沒有說話，而是從前座置物箱拿出一支手機，熟稔的點選螢幕，以擴音的方式播放語音信箱裡的留言。

「您沒有新訊息。您有一則語音訊息，播放訊息，請按……」克勞斯按下一個數字，電話發出刺耳的嗶聲。

接著出現了一個你從未聽過的聲音。

那個聲音說：「克勞斯．索斯塔，你不認識我，但我認識你，而且急需你的幫忙。我是柏納德，能夠穿越時空的龍蝦，正從未來打給你，時間大概是距今兩週後的星期二。有人偷了屬於我的東西，也就是時間海綿。它被人從魔具珍寶博物館裡偷走，或是即將被偷，或是在我留下這則語音訊息之前，就已經不翼而飛。這不太容易解釋，畢竟在我打電話的當下，一切對我來說都是過去。」

你努力弄清楚這個聲音到底在說什麼。

「即使這起竊案尚未發生，你也無法阻止它。那名竊賊已經被捲進時間浪潮之中，你必須幫我逮到他，把珍貴的時間海綿找回來。要是海綿落入不肖人士手中，後果不堪設想，最糟的情況是時間可能就此永遠停止。我已經預見你會在不久的將來接受委託，不過破解這個案子的是你的助手，不是你。你沒辦法獨自偵破此案，必須與他齊心合作，才能順利找到小偷。我是穿越時空的龍蝦柏納德，我在現在、過去或未來，跟你道別。再見。」

克勞斯看起來有點尷尬。

「我本來以為可以證明他是錯的。我的意思是……你是個好助手，我只是覺得自己可以獨力破案。然而我從凌晨兩點收

到訊息後便開始調查，直到此刻還沒理出頭緒。現在你知道了，我……」他把一隻手放在你肩上，誠摯的看著你的雙眼說：「我需要你。」

克勞斯終於把所有真相都告訴你了。

「現在該開始調查雇用我的穿越時空龍蝦了。」他看了看手錶，「我先打電話給歐萊里教授，請他盡快在圖書館外和我們碰頭。」

他轉動車鑰匙，華生的引擎發出一聲吠叫。你的腦海裡浮現出其他選項，不過此時你同意他的看法：到圖書館去查查關於那隻神祕龍蝦的線索。

「乖狗狗，你可以跟德魯柏打招呼了。」克勞斯拍拍方向盤，轉頭對你說：「從現在起，我保證每件事情都會和你分享。」

? 前往第79頁
異類圖書館

異類圖書館

避風鎮居民若想查找資料，大多會選擇利用網路，可是自從你接下暗影區私家偵探助手的工作，你發現有些答案絕對無法在網路上找到。網路上有許多哥布林、幽靈、怪物，以及各種神祕生物的資訊，大部分內容卻誇大不實，因此想要搜尋奇特的事物，最好還是造訪避風鎮的異類圖書館。避風鎮中心地區的建築時髦吸睛，擁有明亮的落地窗，異類圖書館恰恰相反，不論走過、路過，都很容易被錯過。它和暗影大學一樣位在小鎮的另一邊，座落於狼人經營的牛排館「血盆大口」和吸血鬼開的咖啡廳「棺材板咖啡」之間。

你、克勞斯和歐萊里教授站在圖書館外，此刻正下著雨，矮精靈若有所思的抬頭望向天空。

「你在尋找彩虹嗎？」克勞斯發揮他的冷笑話功力。

「索斯塔，你知道我不怎麼喜歡針對矮精靈的老掉牙笑話！」教授不高興的皺了皺眉，抓緊他的手提包，「請記住，這間圖書館僅供查找資料，絕對不可以帶走任何一本書。」

「你以為我不知道這件事嗎？」克勞斯說。

教授對你揚起了眉毛，「我是在提醒你的人類朋友。況且嚴格來說，人類甚至不被允許進入異類圖書館。」

「別擔心，我的助手非常值得信賴。」克勞斯為你掛保證。

歐萊里教授說：「是嗎？圖書館立下這些規定都是有原因的。不過既然是你的助手，我想應該沒問題。」

你們來到入口處的服務臺，一聲低鳴引起了你的注意。你發現服務臺後方有兩隻杜賓犬，其中一隻懶洋洋的把頭靠在桌上，另一隻正在認真讀書。

「早啊！德魯柏。」歐萊里教授熱情的打招呼。

兩隻杜賓犬同時把頭轉向你，這時你才發現，原來牠們是一隻雙頭犬。

「華生就在外面。」克勞斯對杜賓犬說。

杜賓犬望向克勞斯停在外面的車，兩張狗嘴開始歡聲吠叫，華生則用牠獨特的喇叭聲回應，並且興奮的轉動車輪。

克勞斯解釋：「德魯柏以前很喜歡和華生一起在附近的嘲諷公園裡玩耍，可是華生現在不能進去那裡了，因為牠的輪胎會把草皮輾壞。而且自從上次牠追趕鴨子掉進湖裡後，牠的車殼就開始生鏽了。」

其中一個狗頭一直盯著你看，牠張大嘴巴，泛黃的利齒之間流出一道長長的口水，令你忐忑不安。

「德魯柏是優秀的警衛，牠可以聞出你是人類。」歐萊里教授說。

克勞斯安撫道：「別怕，德魯柏是隻面惡心善的狗。」

「如果你試圖把書本帶出去，牠可是會讓你四分五裂。別懷疑，牠絕不會手下留情！」歐萊里教授再次警告你。

你看見兩個狗頭的脖子上都拴著項圈，並且牢固的釘在後面的牆壁上，才稍微鬆了一口氣。

圖書館的天花板很高，落地大書櫃擺滿各種厚重的書籍，擋住了從骯髒玻璃窗射入的陽光。圖書館裡只有你、克勞斯，以及歐萊里教授。

「這裡也收集了我所有的學術著作。」歐萊里故作謙虛的向你們介紹。

「你是指已經出版多時的那兩本書？」克勞斯忍不住吐槽。

「是的。《未來的歷史》非常暢銷，第二本書《過去的未來》甚至賣得比第一本更好，連出版社都很驚喜。」

「相信讀者已經在期待你的下一本大作了。」克勞斯順著話吹捧了一下。

「一切都在進行中，寫作這種事可急不得。」歐萊里教授打開手提包，拿出幾張薄薄的手稿，進度顯然不太妙。

「呃……那我就靜候佳音了。」克勞斯說。

「你們想看柏納德的自傳，對嗎？」教授趕緊改變話題，「如果我沒記錯，那本書應該放在這裡。」

這區的標示牌上寫著「不可能的生命故事」。歐萊里教授翻遍底下兩層的書櫃，都沒有找到柏納德的自傳。他搬來一把梯子，開始往更上層翻找。當他手忙腳亂的攀爬時，沒踩著梯子的一隻腳會不時把櫃子上的書踢下來，幸好在地面的克勞斯驚險萬分的閃過所有掉落的書。

「啊哈！」歐萊里教授大叫：

「就是這本書，接好了。」

你伸出雙手，穩穩接住他丟下來的書。你翻開一看，前兩頁都是空白的，克勞斯也好奇的湊了過來。你繼續往下翻，仍然是無字天書。

「裡面什麼也沒寫。」克勞斯納悶的說。

歐萊里教授爬下來後，瞄了書本一眼，解釋道：「噢！事情恐怕就是這樣。我想，既然作者可以穿越時空，那麼只有當牠和我們處於同一個時空背景，書中的字句才會顯現。」

「那是什麼意思？」克勞斯耐著性子問。

「時間旅行實在很難理解。」歐萊里教授說：「我簡單的說吧！假如柏納德此刻正在造訪過去，你就看不到任何東西，因為這本書裡寫的是牠尚未經歷過的『現在』；假如牠此刻正在未來，你也無法讀到任何文字，因為牠不存在於作品完成的『現在』。」

「呃……」克勞斯搔搔頭，你也完全聽不懂教授說的話。

歐萊里教授說：「就像我在演講中提到的，關於時間旅行這件事，有時候只要全盤接受你所聽到的就好了。」

「總之，只有牠回到現在，那些字句才會出現？」克勞斯放棄理解，直接提出結論向教授確認。

「一點也沒錯。」矮精靈點點頭。

「你知道牠什麼時候回來嗎？」

「完全不知道。」歐萊里教授無奈的攤了攤手。

「牠為什麼要一直穿梭在不同時空？」克勞斯忍不住皺眉說：「在我看來，這種行為真可疑。」

「這就是牠的日常。」歐萊里教授向困惑的克勞斯和你解釋：「像柏納德這樣可以穿越時空的龍蝦，對於時間有不同的感知。一般生物是隨著時間之流前進在單行道上，牠則是在時間浪潮裡隨意游動。牠是時空演進的探索者和保護者，因此總是充滿神祕。」

克勞斯無助的看了你一眼，你也只能聳聳肩。你完全聽不懂歐萊里教授在說什麼，但他似乎比任何人都了解時間海綿和那位神祕的擁有者。

「可惜你們必須把柏納德的自傳放回去，下次有機會再來吧！浪費了你們這麼多時間，真是抱歉。」

克勞斯站在你和教授之間，看著你的眼睛說：「你聽到教授的話了，我相信你知道應該怎麼做。」

克勞斯並肩和教授一起走遠，然而他剛才說話的語氣與平時不同。你手裡拿著柏納德的自傳，猜想老闆是不是要你把它拿走？或者你應該聽教授的話，把書放回去？你當然不希望德魯柏發現你偷了這本書，可是克勞斯似乎向你傳達了某種暗示。

時間緊迫！歐萊里教授隨時都可能轉過身來確認你在做什麼。

你必須趕緊做出決定。

? 你應該迅速將那本書丟進你的包包裡嗎？
前往第87頁
偷書賊
? 或者你應該把書放回書櫃上？
前往第90頁
默契不佳考驗

偷書賊

你把柏納德的自傳塞進包包裡，趕緊跟上克勞斯和歐萊里教授。快走時，鞋底在打過蠟的地板上發出刺耳的聲響。你本來不怎麼緊張，直到踏進圖書館大廳，發現德魯柏的兩個狗頭都緊盯著你。

你盡可能的保持鎮靜，慢慢往前走。你發現左邊的狗頭正在嗅聞空氣，右邊的則開始低吼。牠們是否被訓練聞出每一本書的氣味？牠們可以看出你的包包裡有什麼嗎？或者牠們能夠看穿你雜亂的思緒？

你是否正確解讀了克勞斯說的話？他真的要你拿走柏納德的自傳嗎？這不是他第一次造訪異類圖書館，倘若門口這隻雙頭犬防盜系統有任何危險，他絕對不會魯莽行事。

現在，右邊狗頭的低吼越來越大聲，左邊的也開始吠叫了。

歐萊里教授連忙安撫牠：「安靜，德魯柏，沒有人帶走任何東西。」

「牠只是見到華生太興奮了。」克勞斯說。

你望向窗外，原來華生正開心的蹦蹦跳跳，德魯柏才會躁動不已。當你走出圖書館時，內心大大的鬆了一口氣。

歐萊里教授說：「祝你們辦案順利。時間海綿是件了不起的物品，擠壓它時，即便雨滴也會一動也不動的懸浮在空中。」

「謝謝，但願最後別發現竊賊就是你。」克勞斯別有深意的回答。

歐萊里教授用傻笑來掩飾他不太自然的神情，「別鬧了，索斯塔。我可是一位受人尊敬的作家，更何況我的新書就要出版了。」

「我知道。」克勞斯說。

歐萊里教授拿起手提包，揮舞了一下手，示意再見。這時，你突然發現他的包包似乎比來的時候沉了一些。是你的錯覺嗎？不，你懷疑歐萊里教授也從圖書館裡帶走了什麼。

臨走前，他說：「我稍後在石水書店有一場簽書會，格雷琴．泡巴負責採訪，歡迎你們參加！」

教授快步離開，你們坐進車裡。華生因為跟德魯柏碰面而興奮得猛搖排氣管，直到克勞斯威脅要帶牠去修車廠，牠才冷靜下來。克勞斯發動車子後，你從包包裡拿出龍蝦的自傳，放進前座的置物箱。

你不確定老闆是否看見你的舉動。他的雙眼直盯路面，非常專心的思考接下來辦案的走向。

他說：「是時候統整每位嫌疑犯的背景和犯案動機了。」

?前往第93頁
冷酷的真相

默契不佳考驗

你站在圖書館外面，懷疑自己是否做了正確的決定。假如那本自傳是知道龍蝦柏納德行蹤的唯一方法，也許你應該硬著頭皮偷偷帶走。然而，此刻已經來不及改變主意了。

歐萊里教授說：「祝你們辦案順利。時間海綿是件了不起的物品。擠壓它時，即便雨滴也會一動也不動的懸浮在空中。」

「謝謝。但願最後別發現竊賊就是你。」克勞斯別有深意的回答。

歐萊里教授用傻笑來掩飾他不太自然的神情，「別鬧了，索斯塔。我可是一位受人尊敬的作家，更何況我的新書就要出版了。」

他接著說：「我稍後在石水書店有一場簽書會，格雷琴·泡巴負責採訪，歡迎你們參加！」他從手提包裡拿出一疊手稿晃呀晃，似乎比來的時候看到的更厚一些，你不是很確定。

「你的新書不是還沒完成嗎？」克勞斯問。

矮精靈不悅的回答：「別擔心，我很快就會寫完，請不要催促天才！」

教授快步離開，你們坐進車裡。華生因為跟德魯柏碰面而興奮得猛搖排氣管，直到雪怪威脅要帶牠去修車廠才停下來。

克勞斯說：「冷靜一點！劇烈彈跳對你的避震器不好。你不希望汽車維修人員又鑽到引擎蓋底下幫你做檢查，對吧？」

華生立刻停止躁動，表現得彷彿一部真正的汽車。

「乖狗狗。」克勞斯對你說：「牠不太喜歡去修車廠報到。對了，那本書在哪裡？」

就算沒開口，克勞斯光看你的表情，就知道你要說什麼了。

「你沒有拿那本書？你覺得我剛才為什麼要擋住教授的視線？別告訴我你是因為害怕德魯柏喔！那隻雙頭犬其實很膽小。好吧！我們只好另找其他辦法來追蹤那隻龍蝦。現在的問題是，在這些嫌疑犯之中，到底誰最可疑？」

你也在思索這個問題。你們已經蒐集許多情報，現在必須仔細研究各個嫌疑犯的背景和犯案動機，才能找出破案的關鍵。

冷酷的真相

不論進行任何調查，都需要適時統整當下的所有進展。你們一踏進辦公室，克勞斯便跪在地上翻找著存放各種剪報、地圖、照片和筆記的資料箱，這些都是之前辦案時留下的線索。

辦公室外的街角有個由小妖精經營的攤子，克勞斯請你幫忙買兩杯熱巧克力，你很感激有用熱飲暖暖手的機會，因為你的老闆熱愛讓辦公室維持在低溫，那能幫助他思考。

你回到辦公室時，電風扇正以最大風速狂吹。即使身穿兩條發熱褲、一雙手套和一件大衣，你仍然覺得彷彿置身冰天雪地。你緊握手中的熱巧克力，努力不讓牙齒打顫。辦公室又更亂了，因為克勞斯忙著到處翻箱倒櫃。

「為什麼辦公室裡連一枝可以寫的筆都沒有？」他拿著筆在紙上隨手亂畫，碎念一陣後便把筆往身後丟。你只好很不情願的將自己的筆交給他，祈禱他不要弄壞這枝好寫的筆。

「謝謝。在你出去買東西的時候，我找出了所有嫌疑犯的資料，現在來仔細研究吧！」

他拿出一張紙寫字，卻因為下筆太用力戳破了紙張。他聳聳肩把紙丟開，乾脆直接把字寫在桌子上。

他寫下「人魚」，然後把它圈起來。

「人魚快遞的那三隻人魚負責把展品送到博物館，他們是最早接觸到時間海綿的嫌疑犯。我們早前抵達博物館時，瑞瑪洛巡佐正在查看車道上的胎紋。人魚離開水面之後，得仰賴輪椅行動，也就是說他們必須使用博物館的斜坡通道，才能進出各處。」

以輪椅代步的人魚實在是顯眼至極，即使是暗影區的居民，也會對三個快遞員拍打著魚尾在路上飆輪椅的奇妙景象多看兩眼。

「那三隻人魚一定知道保管時間海綿的位置，也清楚保全的安排。他們有偷走海綿的管道，可是動機是什麼？此外，又何必先千里迢迢的把海綿送到博物館，再把它偷走？」克勞斯劈哩啪啦說了一長串後停了一會兒，又自顧自的說：「關於『偷竊』這點，我有個想法，你看我在《避風紀事》裡找到什麼。」

雖然《避風紀事》是避風鎮上人類居民所讀的報紙，偶爾也會出現有關暗影區的新聞。克勞斯把報紙攤在你前面，出版的日期是今天。

克勞斯說：「三個坐輪椅的賊？是巧合嗎？我可不這麼認為。聽說人魚不會攜帶陸上世界的貨幣，身上只有扇貝和蛤蠣。也許他們是單純的慣竊，或者另有原因。無論如何，我們還無法排除他們涉案的可能。」

警方提醒居民留意三名坐輪椅的竊賊，他們已經被許多家商店指控偷竊。一名書報攤商說：「這三個小偷似乎無所不拿，而且當我逮到他們的時候，他們甚至不覺得自己在偷東西。」

他停頓片刻，給你一點時間把這件事想明白，才接著分析下一個嫌疑犯。他寫下「陶德惠索館長」，只是筆寫到一半便折斷了。他拿起另一枝鋼筆，但鋼筆的墨水早就乾了。克勞斯想把筆放進墨水瓶裡補充墨水，卻心不在焉的將筆插進自己的熱巧克力裡。他不僅沒發現，還繼續用深褐色的濃稠液體寫完名字。

「陶德惠索經營博物館多年，新上任的夜間市長弗蘭肯芬卻想把它改建成購物中心。自從他贏得選舉之後，就不怕樹立敵人了。」

他在你面前揮了揮一本宣傳手冊，封面寫著「唯一支持弗蘭肯芬」，旁邊還有一張穿著實驗袍的白髮男子照片。你認出他就是弗蘭肯芬博士，也就是剛當選避風鎮夜間市長的瘋狂科學家。克勞斯打開手冊，指著第二頁下方的文字，是弗蘭肯芬對博物館的未來規畫。

克勞斯繼續說：「弗蘭肯芬當選夜間市長時，陶德惠索館長應該不太開心，畢竟他打算關閉博物館，甚至把它改建成現代化的大型購物中心。也許她希望能用海綿讓時間暫停，拖延拆遷的進度。然而，博物館不像從前那樣受歡迎，的確是不爭的事實。」

你仔細閱讀宣傳手冊，有關博物館內容的右邊是弗蘭肯芬市長和達卡警長握手

讓博物館
成為歷史！
我保證會讓避風鎮變得現代化，因此我計畫關閉鎮上老舊的魔具珍寶博物館，取而代之的將是嶄新的購物中心，從此暗影區的居民可以在一個地方找到各式各樣的商店，滿足所有需求。
攜手共創
零犯罪的安全小鎮！

的合照，上面的標題是：攜手共創零犯罪的安全小鎮！

克勞斯也看到這張照片，「弗蘭肯芬市長很有可能為了破壞這場展覽，付錢請人把海綿偷走，好順利關閉博物館。不過案發當時他正好在外地參訪，我就先暫時不把他列入嫌疑犯名單。有一位絕對有機會拿走時間海綿，那就是時間旅行專家兼作家，矮精靈歐萊里教授。」

克勞斯抓起手邊的一張報紙，把上面的其中一道標題撕下來。

他把從報紙上撕下來的碎片扔在桌上。

「這位矮精靈似乎曾經被迫放棄一罈金子。」克勞斯不忘賣弄幽默，「我在最近的《異常生物日報》上發現這個。」他把另一張撕下的報紙交給你。

歐萊里，完蛋了！

「每位讀者都癡癡等著第三本新書，而他所屬的出版社似乎想放棄他。聽說那筆稿費不少，教授當然會把歪腦筋動到時間海綿上。」

你總算在自己的抽屜裡挖出另一枝筆，連忙寫下克勞斯剛才的推理。你老闆的靈感彷彿冷氣團，越冷時的威力就越強，有時候突然迸出的靈感，都可能是破案的關鍵。你的工作就是聆聽，

科普作家提摩西．歐萊里教授糗大了！根據知情人士提供的情報，他必須退還出版社預付的稿費，因為他無法如期完成第三本書。這原本應該是繼他前兩本暢銷書《未來的歷史》和《過去的未來》之後預計推出的新作。

把一切理出頭緒。

「當然，我們也必須考慮到，這條新聞是另一個嫌疑犯所寫的。」克勞斯想找一個地方寫下名字，你稍微挪開身子，不讓他又拿走（且弄壞）你的筆。辦公室簡直亂成一團，連廢紙箱都滿出來了。克勞斯把箱子翻過來，倒出所有廢紙後，在紙箱底部寫上：格雷琴・泡巴。

「關於格雷琴的資訊很少，因為所有的新聞都是由她主筆，而且大多都是憑空捏造的。自從她有了那臺神奇印刷機，便整天印刷各種版本的八卦。她總是憑自己主觀的看法操縱讀者的想法，灌輸大眾似是而非的消息，這意味著我們不能相信她所說的任何一句話。」

根據目前你對這位報喪女妖記者的了解，克勞斯的分析再正確不過了。

「她曾說自己的讀者很喜歡這次報導的主題，她有沒有可能為了製造新聞而偷了海綿？這聽起來似乎很誇張，但並不是全無可能，畢竟案發當晚她人就在現場。根據先前蒐集的資料，她晚上十點離開展覽室，當時由達卡警長鎖門，負責保全工作，而瑞瑪洛巡佐被派到博物館外站崗。」

克勞斯拿起另一份《異常生物日報》，撕下最後兩位嫌疑犯的名字。

達卡警長

瑞瑪洛巡佐

「達卡警長在這次的展覽親自看守時間海綿。依照我多年辦案的經驗，通常密室謎案的頭號嫌疑犯就是持有鑰匙的人。他的犯罪動機是什麼呢？如果可以隨意暫停時間，他就能逮捕更多罪犯。只是達卡有可能為了維護社會秩序，而陷自己於不義嗎？難道他不想讓我碰這起案件，是因為擔心我太了解他，容易找出其中的破綻？聽說他昨晚在記者會上喝多了，希望不要因此做出讓自己後悔的事。另外，可疑的對象還有瑞瑪洛，我不知道她是否有膽量犯下如此重大的竊案，不過我還是先把她的名字列在名單上，免得讓她覺得被忽視了。」

克勞斯似乎很快就會排除那位精靈女警的嫌疑，你卻對她存有疑慮。你感受得到她旺盛的企圖心，而且你不喜歡她對你和你老闆說話的態度，彷彿她比你們更清楚一切。你也許才剛踏入偵探業沒多久，可是你知道自己在做什麼。

你專心的看著這份嫌疑犯名單，上面的其中一位偷走了海綿，雖然你不知道是誰犯下此案，卻彷彿能夠了解犯人的心理。其實，自從你開始接觸這個案子，你已經不只一次在腦海中幻想自己擠壓時間海綿。

掌握時間究竟是什麼感覺？你不相信你的老闆從來沒想過這件事。你不僅想破案，也渴望擠壓海綿，感受它的神奇力量。

「你說呢？」克勞斯問。

你抬頭望著他，讓自己從紛亂的思緒中回過神。

克勞斯徵詢你的意見，「你的想法是什麼？我們已經知道格雷琴將在石水書店訪問歐萊里教授，代表只要到書店，就能夠一次審問兩位嫌疑犯。還是你想到鎮上去調查那三隻人魚是否真的在行竊？或者我們可以返回博物館，尋找任何可能被遺漏的線索。當然也可以前往警察局，請求警方的協助。下一步你想怎麼做？」

? 到簽書會觀察歐萊里教授和格雷琴·泡巴的互動。

前往第103頁

書店裡的鬧劇

? 到鎮上尋找人魚。

前往第110頁

腥臭可疑的內幕

? 返回博物館尋找線索。

前往第118頁

尋物女巫

? 去警察局見見克勞斯的老同事。

前往第125頁

手銬和指控

書店裡的鬧劇

暗影區的交通總是令人崩潰。此刻，你們塞在車陣中，克勞斯拍拍方向盤安撫華生，你看出老闆的耐心已到臨界點。

他打開廣播，尼克．格林的聲音傳了出來。「現在為大家播報一則新聞。達卡警長方才針對時間海綿失竊案發表正式聲明，他表示異象警隊很快就會公布主要嫌疑犯的姓名。一有最新消息，我們會馬上為各位插播。接下來，讓我們看看另一名怪獸……」

克勞斯關掉廣播。

他嘟噥著：「達卡向來做事謹慎，這次怎麼會這麼快就確定誰是主要嫌疑犯？我覺得他根本沒有仔細調查。華生，乖乖到書店前，別去咬電線桿！」

克勞斯試圖把車停在書店外，華生卻不斷對著不遠處的一部白色廂型車低吼。當你的車子是一隻被施了魔法的狗，難免會發生各種獵奇的狀況。

克勞斯無奈的提議：「唉！不如你先進去幫我倆找座位，我先想辦法讓華生冷靜下來。」

你下了車，關上車門。華生開走之後，你瞥見三個穿著深藍色衣服的身影。他們都坐著輪椅，朝對街的百貨公司前進。你仔細一看，發現他們的腳上都蓋著一塊樣式怪異的毯子。

這不是那三隻人魚嗎？有一瞬間，你考慮要跟蹤他們，可是你現在應該去見矮精靈和報喪女妖，克勞斯會希望你堅守預定的計畫。

你走進書店時，歐萊里教授已經開始演講了。你本來以為會一位難求，沒想到還剩下許多空位。格雷琴．泡巴坐在教授身旁，每當教授發言，她便看看自己的手錶。你發現一排空著的座位，於是趕緊坐下。由於聽眾不多，很容易就可以發現那對顯眼的女巫姐妹——布莉姬．米可鳥和火娜拉．米可鳥。

她們兩個高舉著手。紫髮怪物包特茲坐在兩人中間，一直發出低沉的咕噥聲：

「書——書——」

「接下來是書迷互動時間。」格雷琴・泡巴點名舉手的聽眾，「布莉姬・米可鳥，請說。」

「謝謝主持人，我有一個非常重要的問題。」布莉姬一本正經的說：「請問矮精靈的黃金到底藏在哪裡？你是如何找到彩虹的盡頭呢？」

歐萊里教授聽到後，很不高興的回答：「這是對矮精靈的刻板印象……」

兩名女巫根本不在乎教授的回答，此時她們已經笑到上氣不接下氣。

「我來這裡只是為了修理鞋子。」火娜拉說。

「修鞋子的是小精靈，不是矮精靈啦！」布莉姬發出一陣尖笑。

突然，火娜拉轉過身來，看到了你。「噢！那名業餘的偵探在這裡，哈囉！」

她熱情的朝你揮手，你只好勉強擠出一個苦笑。女巫總令你神經緊繃，因為

把華生變成一輛汽車的正是女巫。即使華生對這個結果似乎很滿意，你仍不希望自己受到詛咒。

「你老闆在哪裡？」

你正要回答，就聽見書店大門被用力打開。克勞斯總算趕上了，他匆匆坐到你身旁，問：「我有沒有錯過什麼好戲？」

歐萊里的情緒快要爆發了，「不好意思，我才是這場簽書會的主角。各位還有其他問題嗎？」

「抱歉打擾了。」克勞斯低聲致歉。

「我有個問題！」格雷琴問道：「讀者究竟什麼時候才能買到你的新書？聽說你必須把出版社預付給你的稿費還回去？」

「寫作這種事是急不得的，大家不用擔心，我會盡快讓新書問世。」他拍了拍桌上的一疊稿紙。

格雷琴自傲的說：「記者每天都得面對截稿壓力，根本不可能坐等靈感降臨。今天我在吃早餐前，就已經寫好一篇報導了！」

歐萊里教授反嗆：「我的書可是攸關事實！假如我像你一樣憑空捏造故事，明天就能馬上出版新書了。」

「我寫的都是事實！」格雷琴惱羞成怒的大吼。

「我有件事想請教歐萊里教授。」克勞斯出聲打斷他們。

格雷琴轉向他，「克勞斯・索斯塔，請說。」

「我的問題有關時間海綿。」克勞斯說。

兩名女巫轉過身來注視著他。

「時間海綿是個不可思議的寶物，也是我畢生研究的對象，我很高興能談談它的魔力，你的問題是什麼？」

「我只是好奇，記者能不能用海綿暫停時間，好讓自己在吃早餐前寫出三千字的新聞？」

此時，書店裡的每雙眼睛都盯著你的老闆。

「這個嘛……」歐萊里教授顯然不好意思直說，格雷琴本人卻狂笑不止。

「多麼有趣的問題呀！」她放聲大笑，「跟你們說，我收到一個來自異象警隊的小道消息。聽說目前達卡警長鎖定的主要嫌疑犯，是一名私家偵探，而且對方恰巧是隻雪怪。」

「你是指我和這起竊案有關？」克勞斯氣得鼻孔擴張，「我的專長是找東西，不是偷東西！」

布莉姬酸溜溜的說：「我們女巫也很擅長找東西，也許可以幫你。」

「我不認為他請得起我們。」火娜拉不屑的說。

「不好意思！」歐萊里教授終於忍不住怒吼：「現在只能討論我的書！還有人要問關於時間的任何問題嗎？」

「有。這場簽書會什麼時候要結束？」布莉姬問。

「真希望能讓時間快轉，這場簽書會實在拖太久了，彷彿永遠都不會結束。」火娜拉抱怨。

「永——遠——」包特茲重複她的話。

「包特茲，安靜！」兩名女巫異口同聲的制止。

教授憤怒的站起身，反而比坐在椅子上更矮。

「我這輩子從未如此被羞辱！」他說完便奪門而出。

克勞斯也站起來，你跟著他走出書店，來到街上。他壓低

帽簷，遮住他毛茸茸的大頭，以免招來路過人類的側目。

克勞斯說：「我還沒有排除格雷琴或歐萊里涉案的可能性，只是案情陷入膠著的速度，遠比爐火上的醬汁變濃稠還快。你聽到格雷琴說警方開始懷疑我了，我們最好趕快去警局打聽消息。」

?你同意克勞斯的想法嗎？

前往第125頁

手銬和指控

?或者你想告訴他，你剛才看見了那三隻人魚？

前往第110頁

腥臭可疑的內幕

腥臭可疑的內幕

避風鎮沒有暗影區居民專屬的購物區域，這些與眾不同的生物只好混雜在人類之間血拼。

爛泥市場位在商店街轉角，裡面有幾家小店進駐。天空飄著綿綿細雨，購物人潮卻絲毫不減。你環顧四周，不放過任何細節。你認出那名把動物造型氣球交給孩子的苦瓜臉小丑，就是死而復生的前喪屍小丑殭殭。眼前這位推著嬰兒車的女人，其實是兩名疊在一起的哥布林披著大衣所假扮的。嬰兒車不斷冒出黑煙，你懷疑裡面應該躺著一隻小火龍。

你一看見那三隻人魚進入服飾店，便立刻向克勞斯打暗號。他們都坐著輪椅，用毯子蓋住魚尾。

克勞斯低聲說：「保持低調，絕不能引起注意。」

你感到有些好笑。克勞斯高大魁梧，甚至必須彎下身才能走進店內，究竟該如何保持低調？你老闆終究混進去了，而且相比之下，那三隻人魚更引人側目。一踏入店裡，你就聽到一陣沙啞的笑聲和魚尾拍打的聲音，原來是人魚們在泳裝部高談闊論。

綠髮的艾米麗拿著一件比基尼，徵詢同伴們的意見，「你覺得這件怎麼樣？安娜貝爾。」

紫髮的安娜貝爾嘖了一聲後說：「太暴露了。佛瑞德，你覺得呢？」

「是啊！」男人魚說：「牙線棒上的棉線都比這件泳衣的布料還要多。」

「這件如何？」安娜貝爾拿起一件寬鬆的泳褲，套在自己的頭上。

「嘿！我知道這時候可以唱一首歌。」男人魚清清喉嚨，高聲歌唱。

「亞伯特買了一件新泳褲，他很高興買到這件泳褲，

他媽媽也很喜歡新泳褲，因為終於可以遮住他的大屁股。」

泳裝部
全面
5折

「打擾您了，先生。請問需要為您服務嗎？」一名看起來很緊張的店員上前招呼男人魚。

「不用，我只是隨意看看。」佛瑞德回答。

「好的。可不可以麻煩您不要唱歌？以免打擾到其他顧客。」店員走開了，但仍密切留意著三隻人魚。

「嗨！」克勞斯走向人魚。

「你在這裡工作嗎？我想找防曬乳。」艾米麗說。

「我們是不是見過面？」安娜貝爾唐突的問。

「抱歉，她有點問題。」佛瑞德攤手說。

「我們都有點問題。」艾米麗補充。

「把那張卡拿給他們看。」佛瑞德提醒。

「噢！對，那張卡。」安娜貝爾附和。

她把手伸到毯子底下，拿出你們之前看過的失憶症小卡。

克勞斯快速瞄了卡片一眼，說：「讓我來提醒你，你剛才在跟我聊時間海綿失竊的事情。」克勞斯朝你眨了眨眼，原來他利用人魚的失憶症進行套話。

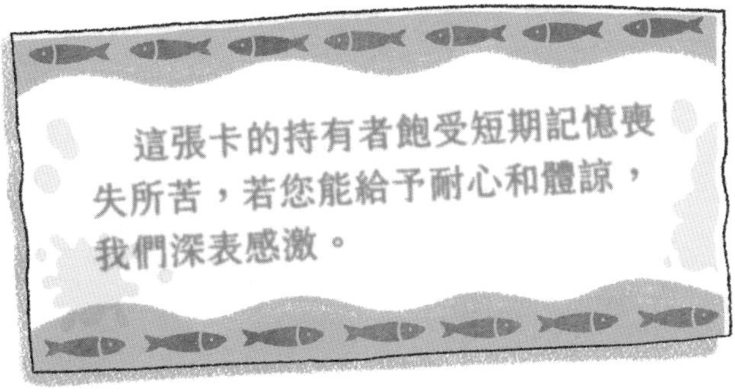
這張卡的持有者飽受短期記憶喪失所苦，若您能給予耐心和體諒，我們深表感激。

「是嗎？我以為我們在跟那個生物說……」艾米麗一頭霧水。

「哪個生物？」安娜貝爾插嘴道。

「就是那個體格壯碩、像公牛一樣的生物。」

「一隻大公牛？」克勞斯問。

「他是牛頭怪，應該算半隻公牛。」安娜貝爾糾正。

「啊！是達卡警長。他說了什麼？」克勞斯追問。

「他認為偷了海綿的犯人叫做……我想不起來了。」艾米麗苦惱的拍拍頭。

「卡爾？卡洛斯？我記得是類似這樣的發音。」安娜貝爾說。

艾米麗點點頭，「達卡說自己原本非常信賴……不論他的名字是什麼，可是他被目擊出現在案發現場，就在那個鬼東西被偷之後。」

你瞄了一眼克勞斯，顯然人魚們說的就是他。他朝你挑了挑眉，你不明白這個表情代表什麼意思。你從來沒有辦過自己的老闆被當成嫌疑犯的案子，因此感到惴惴不安。

「你們想不起來的那個名字叫做克勞斯。」他對那些人魚們說。

「克勞斯……對！就是這個名字。」艾米麗大喊。

「什麼是什麼？」安娜貝爾問。

「我不記得了。」艾米麗回答。

「我想他說的是，他就是那個賊。」佛瑞德說。

「我不是賊！」克勞斯大吼：「我對你們藏在毯子下的東西很感興趣，我想這家店的警衛也很想知道。」

自從你們開始和這三隻人魚交談，他們便不斷將各式各樣的泳衣和蛙鏡塞進毯子底下。

「你說什麼？我們才沒有偷藏東西，你先管好自己吧！」安娜貝爾生氣的甩動魚尾。

「什麼東西？」佛瑞德問。

「香煎海綿？」艾米麗問。

「是時間海綿！」克勞斯惱怒的反問：「如果是我拿走海綿，我又何必到處找它？」這番話似乎很有道理，你卻覺得他是在為自己找藉口。

「他居然不記得自己有沒有拿走它。」艾米麗同情的望著克勞斯。

「他的記憶力比我們更差勁。」安娜貝爾幸災樂禍的大笑。

「你們在說誰？」佛瑞德的記憶又斷線了。

克勞斯終於放棄，「我們問不出什麼了。走吧！快離開這裡。」

你們走出服飾店，活寶三魚組也跟了出來。他們一邊大笑，一邊拍打魚尾。當然，他們來到門口時，店裡立刻警鈴大作，一名穿著制服的警衛前來查看。

「你想做什麼？」艾米麗問。

「我可以看看你們的毯子底下有什麼嗎？」那名警衛問。

「當然不可以。」安娜貝爾回答。

就在她說話的同時，一副蛙鏡掉到了地上。

「噢！這個東西怎麼會跑到我的毯子底下？」安娜貝爾疑惑的問。

「我想你們最好跟我回辦公室去談談。」警衛捲起袖子，嚴肅的推起輪椅。

「這是意外，警衛先生，我們有點不舒服。那張卡在哪裡？」安娜貝爾試圖辯解，但警衛絲毫不理會。你很好奇，他們要怎麼解釋毯子底下的大魚尾？

克勞斯轉向你，說：「從剛才的狀況來看，那三隻人魚比較有可能

是罹患失憶症的扒手，而非密室竊案的犯罪首腦。我想，我們可以把他們從嫌疑犯名單裡排除了。」

你點頭同意，思緒卻早已飄向遠方。

警方認為你的老闆是主要嫌疑犯，令你萬分煎熬，你想為他辯解，只是更希望探求真相。克勞斯總對你說，每個人都有祕密。他自己呢？他是否已坦承所有內幕？

「你還好嗎？」克勞斯問。

你點點頭。你在想什麼？居然質疑自己的老闆？

克勞斯建議：「我們去找達卡談談吧！他現在最有可能在哪裡？」

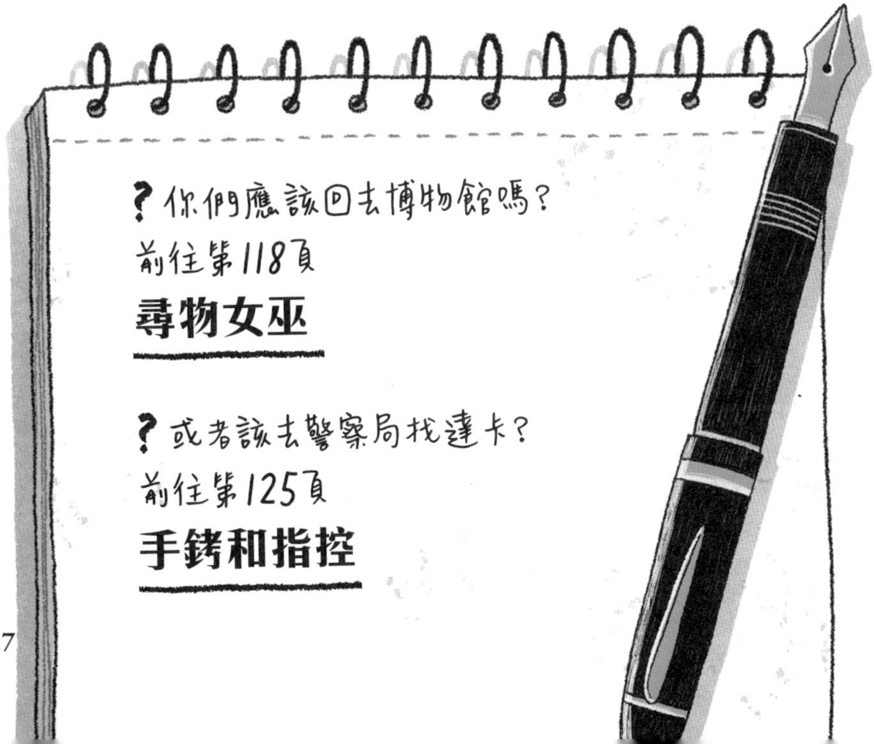

?你們應該回去博物館嗎？
前往第118頁
尋物女巫
?或者該去警察局找達卡？
前往第125頁
手銬和指控

這次，博物館的前門沒有警衛看守，僅大門上掛了一個寫著「暫時關閉」的牌子，周圍則拉起了封鎖線。

「我們還是走後門吧！」克勞斯說。

你跟著他繞到博物館後方，經過屋簷上那兩隻聒噪又醜陋的滴水嘴獸。果然，其中一隻很快就察覺你們走近。

左邊的那隻滴水嘴獸說：「嘿！史辟茲，你看看誰回來了？」

「誰啊？格蘭尼特。」右邊那隻滴水嘴獸費盡力氣轉動自己的身體，仍無法看見你們。

格蘭尼特回答：「是索斯塔。達卡曾說，他可能會再來打探案情。」

「你不准進去！」史辟茲大喊，牠只能努力用眼角餘光瞥見你們。

「你們兩個現在為異象警隊效力嗎？」克勞斯問。

「理論上，我們屬於市議會的財產，而我們……」一隻鴿子突然從天而降打斷了史辟茲，「嘿！走開！」

格蘭尼特說：「不要對『拍拍隊長』這麼凶，牠只是想跟你玩。」鴿子拍拍翅膀，從史辟茲頭上飛到格蘭尼特身邊。「你看，就說牠是我的朋友吧！」

「朋友不會在你頭上大便！」史辟茲怒氣沖沖的瞪著鴿子。

「那可不見得。」格蘭尼特反駁。

「別管牠們了。」克勞斯翻了個白眼，懶得聽牠們繼續爭辯。不論滴水嘴獸說什麼，都無法阻止你們進去。

克勞斯用力把門推開，門立刻砰的一聲關上，彷彿一陣強風突然吹過。他又試著推了一次，卻再度發生同樣的事情。

兩隻滴水嘴獸放聲大笑。

「哈！吃閉門羹了吧！」史辟茲嘲笑。

「你們是怎麼辦到的？」克勞斯問。

「不是我們做的，是她們。」格蘭尼特回答。

大門自動打開，火娜拉．米可鳥和布莉姬．米可鳥出現在一團紫色煙霧中。

「驚訝吧？」布莉姬冷冷的說。

火娜拉湊近你，用長了疣的鼻子猛力嗅聞，低聲說：「每個人都喜歡驚喜。」

「你們兩個在這裡做什麼？」克勞斯質問。

火娜拉得意洋洋的解釋：「最近的外燴生意不太好，因此我們發展了新的副業——幫暗影區的居民尋找遺失的物品。」

「尋物是我們的專長，而陶德惠索又是我們的老朋友。」布莉姬附和。

「對。我們剛認識她的時候，她頭上的每一條毒

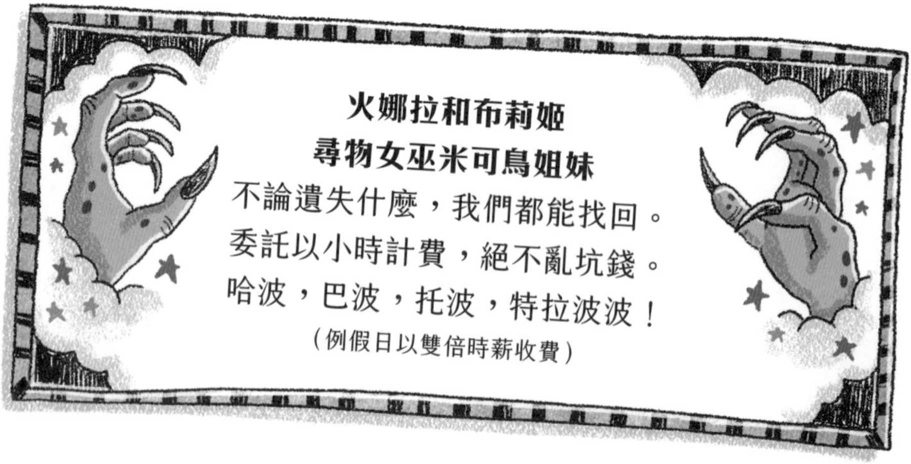

火娜拉和布莉姬
尋物女巫米可鳥姐妹
不論遺失什麼，我們都能找回。
委託以小時計費，絕不亂坑錢。
哈波，巴波，托波，特拉波波！
（例假日以雙倍時薪收費）

蛇都還很有活力。」火娜拉回憶。

「她不信任那隻老公牛，才請我們過來幫忙。那傢伙連填字遊戲都玩不好，更別提找回時間海綿！」布莉姬嗤之以鼻的說。

「她什麼時候雇用你們的？」克勞斯懷疑的問。

「怎麼？你在嫉妒我們嗎？」火娜拉尖酸的說：「老實說，這個節骨眼不適合雇用你吧？畢竟你是主要嫌疑犯之一。」

「我？」克勞斯問。

「我們是這樣聽說的。」布莉姬轉向你說：「我希望你有把你老闆列入嫌疑犯名單。」

你向後退了一步，她們倆放聲大笑。

「包特茲正在裡面仔細搜索。」火娜拉說。

話音剛落，博物館內馬上傳出一陣巨大的碰撞聲。

「那個笨手笨腳的蠢蛋！」布莉姬大叫。

「那隻笨怪物！」火娜拉跟著怒吼。

兩名女巫立刻轉身朝展覽室直奔而去。克勞斯趁機跟在她們後面，你則緊跟著他。你和老闆在女巫施法擋下你們之前，進入了展間。

你們仍然沒有發現時間海綿的蹤影。

時不時出現燈依舊維持一下消失一下出現的狀態，記憶洗手臺則盛滿可以浮現過去影像的水。可是，命運餅乾麵糊因包特茲笨手笨腳的蒐證而摔到地上，黏稠的麵糊流得滿地都是。

「我們只交代了一個任務給你。」布莉姬插著腰說。

「其實是許多任務。」火娜拉把雙手交叉在胸前。

「壞──壞──包特茲。」紫髮怪物沮喪的說。

「我實在不明白，竊賊究竟是怎麼進出密室的？」克勞斯環顧四周，喃喃自語的說。

布莉姬插嘴：「有很多可能，例如透過魔法，或是從窗戶爬進來。」

「假如犯人是陶德惠索，只要用備用鑰匙就可以了。」火娜拉輕敲鼻子，一臉自信的推論。

克勞斯搖搖頭，「既然如此，陶德惠索為何要雇用你們……等等！」他注意到腳邊漫流一地的麵糊。

「你們看，麵糊裡居然出現了文字！」

麵糊一邊冒著泡泡，一邊緩緩流動，彷彿被某個神祕的力量控制著。那灘黏呼呼的混合物裡漸漸浮現出一些字，預告了將在未來被說出的話。

文字一一浮現後，克勞斯大聲念出來：「答案就在警局裡。」

「太神奇了！」布莉姬瞪大雙眼看著麵糊上的預言。

「神——奇奇——」包特茲跟著複誦。

「夠了！拖把頭。」火娜拉翻了個白眼，阻止他繼續念下去。

「這團麵糊能夠預知未來將被說出或寫下的字句，也預料到誰會把它大聲念出來。」布莉姬說。

「它怎麼知道的？」火娜拉問。

「我也不清楚。」即使是女巫，也無法參透其中奧祕。

「我們最好趕快到警察局去。」克勞斯說。

「真是個好主意。」布莉姬說。

兩名女巫揮動如枯枝般的雙臂，口中喃喃念著咒語。詭異的黃色煙霧從地板冒出來，緊緊裹住你們，令你驚恐萬分……是魔法！正當你準備尖叫，卻發現自己毫髮無傷的站在警察局外的人行道上。

「進去吧！」克勞斯催促。

你有點猶豫是否該照做，但你更渴望知道真相。

? 進入警局調查。
前往第125頁
手銬和指控

手銬和指控

踏入警局實在讓人忐忑不安。大廳裡排滿了桌椅，警察們忙著訊問各式各樣的嫌疑犯。這些生物來自暗影區犯罪猖獗的地帶，是你見過最可怕、最骯髒、最噁心的生物。

你低著頭，避免和他們四目相交。克勞斯站在櫃臺前，不耐煩的質問一位戴眼鏡的人馬警官，為什麼他必須等這麼久？

「達卡警長很快就會見你，請稍坐一下。」人馬警官悠哉的說著，同時用尾巴趕走一隻蒼蠅。

你們兩個在塑膠椅上坐下，就在此時，一個身材高䠷、臉色灰白的身影大步走進警局，一頭紅髮迎風飄揚。

「啊！索斯塔。你最後還是決定自首嗎？很好，很好。」

「格雷琴，你來這裡做什麼？」

「我來看看有沒有新聞可挖。」報喪女妖記者回答。

「你們現在可以進等候室了。」人馬警官用尾巴趕走另一隻蒼蠅，轉向格雷琴說：「請稍等，我們的新聞發言人很快就可以見你。」

「非常好。」格雷琴說：「我很期待聽到你的自白，索斯塔。」

她大笑著離開，你不確定此刻的冷風是從門外竄進來，或是那位報喪女妖散發出來的。克勞斯轉過身面向人馬警官。

他抱怨道：「聽著，我可不是普通老百姓，我曾經是一名警官……」

此時，警長辦公室的門被打開，達卡走了出來。你驚訝的發現他的手裡拿著一副手銬。

「我們又見面了。」他說。

「達卡，我是為了時間海綿而來……」克勞斯解釋。

「克勞斯．索斯塔。」牛頭怪冷酷的打斷雪怪，「我很高興你決定主動投案，這讓事情好辦多了。」

「這是什麼意思？」克勞斯問。

達卡晃了晃手銬，發出刺耳的金屬碰撞聲，「請不要把事情搞得太複雜。」

「複雜？」克勞斯瞄了你一眼。平時充滿自信的他居然顯露出慌張的神色。

「你在說什麼？我來這裡是想問你有關時間海綿竊案的事情。」

「我曾警告你別碰這個案子，現在你恐怕已涉入過深，甚至越界了。」達卡警長嚴肅的說。

「我們能私下談談嗎？」克勞斯注意到大廳裡的每雙眼睛都在盯著他們，於是提出要求。

「這要看你所謂的『私下』是什麼意思。如果你指的是一個能夠隔音且有著雙面鏡和攝影機的房間，那麼沒問題，跟我走。」

「你要帶我到偵訊室？為什麼？」

「你說呢？時間海綿被偷走後不久，你就到案發現場徘徊，還被監視器拍個正著，根本罪證確鑿。」

「那是因為我也受託調查這起竊案。」克勞斯懇求道；「拜託，你很清楚我的為人。」

「你應該也很了解我。」達卡警長無情的把手銬遞給克勞斯，「我希望你主動自首，如果有必要，我會親自把你銬上。」

「冷靜一點！你知道拿走時間海綿的不是我。」

達卡警長冷哼一聲，用粗啞低沉的聲音告訴克勞斯，「這很難說，畢竟警隊的食屍鑑識小組在原本放著時間海綿的展示櫃上，發現了一根雪怪的毛髮。你要如何解釋？」

「我、我……」克勞斯百口莫辯。你向來習慣他能言善道、掌控局勢的樣子，此刻卻發現他表現出前所未有的焦慮。警局內紛亂吵雜，幾位警官和罪犯都湊過來看好戲。

「噢！我懂了。夜間市長弗蘭肯芬逼你一定要逮捕某個人來交差，對吧？他想讓大家看見自己不遺餘力的打擊犯罪，你才因此誣陷我。」

你覺得克勞斯是在胡亂找藉口，然而他肯定湊巧碰到了某個敏感的話題，因為達卡警長的表情瞬間變得陰沉。「你別想利用指控別人來脫罪，索斯塔。你的選擇只有兩個，不是乖乖自首，就是等著被強制逮捕！」

克勞斯嘆了一口氣。你們身邊圍繞著異象警隊的警員，只要他們的警長一聲令下，這些人隨時都會一湧而上。

「好吧！達卡，我會回答你的問題。」

克勞斯轉過身來，給了你一個苦笑，並用脣語說：「不會花太久時間。」然後跟著達卡走進偵訊室。

偵訊室的門被關上。在櫃臺值勤的人馬警官透過眼鏡注視著你。

「等候室在那個方向。」他指著格雷琴剛走進去的那道門。

你猶豫著，不確定該怎麼做。

「或者出口在另一邊，」人馬警官說：「你自己選擇吧！」

? 在等候室等待克勞斯。

前往第184頁
等候室

? 或者離開這裡，看看你自己一個人能發現什麼。

前往第131頁
女巫的祕訣

女巫的祕訣

雖然外頭陰暗淒冷，但還是好過在令人壓力山大的警局裡待著。即使你已經走在街上，仍止不住渾身顫抖。寒風凜冽，你的腋下卻又熱又溼，你感覺自己比走進警察局前還要虛弱，甚至感受到恐慌在血管裡四處竄流。少了克勞斯溫暖有力的保護，你頓時覺得罪犯們的雙眼全緊盯著你，四周潛伏著狼人、食人怪、巨魔……他們能聞出你是人類，對你虎視眈眈。

你努力深呼吸，試著讓自己平靜下來。克勞斯還沒有被正式逮捕，至少目前還沒，也許一個小時之後，警隊就會釋放他了。萬一他們不放他走呢？那根躺在展示櫃上的雪怪毛髮又是怎麼回事？萬一克勞斯真的是犯人呢？萬一……你無法再承受更多萬一。

你痛恨這種互相猜忌的感覺，卻無法不去懷疑你的老闆。

盤旋在腦海的這些想法，讓你頭痛欲裂。你閉上雙眼，試著釐清思緒。當你再度睜開眼睛，發現兩張滿是皺紋、長了疣的臉緊貼在你面前，是你再熟悉不過的那兩名女巫。

「覺得困惑嗎？」布莉姬問。

一團閃爍著光芒的煙霧包圍著你們。

「覺得困惑又孤單嗎？」火娜拉接著問。

「克勞斯的前助手掉進無底洞之前，也是如此徬徨無助。」布莉姬說。

兩名女巫在煙霧裡忽隱忽現，放聲大笑。

布莉姬瞇著眼打量你，「我相信你不會重蹈覆轍，而且我猜你已經知道是誰拿走時間海綿，對吧？我們看到你寫在筆記本上了。究竟是誰？

說來聽聽吧！」

你抱著筆記本不發一語，可是女巫們沒有摸摸鼻子離開。原本消失在煙霧裡的火娜拉突然憑空出現，嚇得你心臟差點噴出胸口。她湊到你身旁試圖窺看筆記，你努力把本子緊緊按在胸口。

「哼！我們本來想告訴你如何召喚龍蝦呢！」火娜拉使出激將法。

「是嗎？我們為什麼要那麼做？」布莉姬顯然沒聽出姐姐的用意。

「因為我們心腸很好。」火娜拉趕緊對她擠眉弄眼。

「我們哪有什麼心腸？我們之前拿它去交換魔法包心菜，你忘記了嗎？」

「噢！對吼！結果那些包心菜根本沒有魔法。」

「就是說啊！而且我的包心菜還發霉了。」

火娜拉得意洋洋的說：「沒錯，既然我們的心腸被換成發霉的包心菜，就沒有理由說出召喚穿越時空龍蝦的方法，是撕下一頁牠寫的那本自傳，藉此干擾時間浪潮，逼牠回到現在。」

布莉姬傻眼的看著她大吼：「我們不是沒有要說出來嗎？」

「噢！抱歉……」

「真正壞掉的是你的腦袋，不是肚子裡的那顆發霉包心菜！」布莉姬無奈的說。

「你竟敢這樣批評我！反正，除非他拿到那隻龍蝦的自傳，否則也沒辦法實踐我說的方法。」

「的確。好了，我們該回去處理外燴工作了。」

一轉眼，女巫姐妹消失了，留下心煩意亂的你呆站在原地。

你納悶和穿越時空的龍蝦柏納德聊聊究竟能帶來什麼幫助，如果牠已經在未來得知是誰拿走時間海綿，便可以自行破案，根本不需要你們的支援。不過，那隻神祕的龍蝦應該了解更多細節，與牠聯繫說不定能為克勞斯洗清罪嫌。

一陣汽車喇叭聲打斷了你的思緒，你立刻認出那個熟悉的聲音。華生正在路邊等候，開心的喘著氣，搖著排氣管。你打開副駕駛座的車門，進入車內。

下一步究竟該何去何從呢？

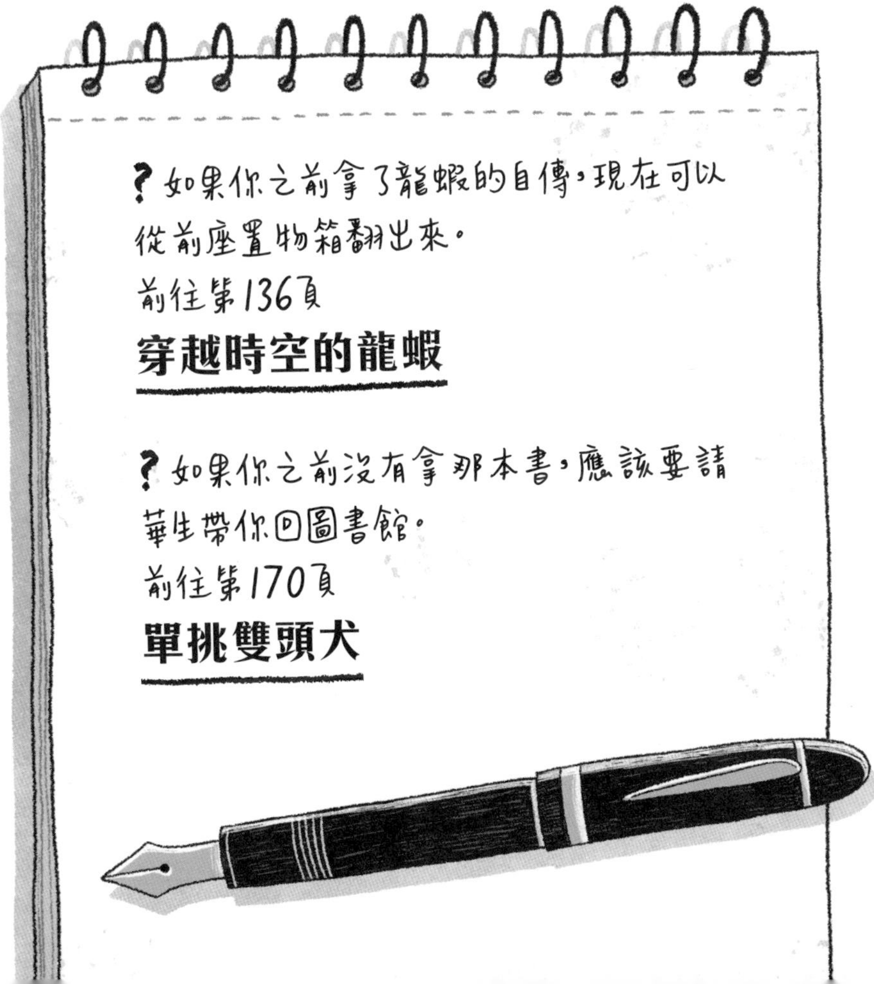

如果你之前拿了龍蝦的自傳，現在可以從前座置物箱翻出來。
前往第136頁
穿越時空的龍蝦
如果你之前沒有拿那本書，應該要請華生帶你回圖書館。
前往第170頁
單挑雙頭犬

穿越時空的龍蝦

車門關上後，華生便發動引擎，自顧自的往前衝，你趕緊繫上安全帶。之前，每次出門辦案都是由克勞斯負責開車，今天卻只能讓華生自己駕駛（因為你沒有駕照），簡直是拿命在賭。

電臺主持人尼克．格林正在播報新聞，「現在為大家插播有關時間海綿竊案的最新消息——達卡警長正在準備訊問私家偵探克勞斯．索斯塔。有請《異常生物日報》的記者格雷琴．泡巴為我們詳細說明。」

報喪女妖記者獨特的尖銳嗓音從音響中傳出。

「就在幾分鐘之前，警察局裡出現了戲劇性的一幕。達卡警長將一位前警官壓制後上銬逮捕，扔進大牢。本次主角克勞斯．索斯塔從前是異象警隊的一員，如今卻知法犯法偷走時間海綿，不僅違背道德，也成了暗影區最壞的示範……」

你忍無可忍的關掉廣播。你不想聽到格雷琴在節目上謊話連篇，你需要知道的是真相。

你翻閱著從前座置物櫃裡拿出來的自傳，發現仍是一片空白，一個字也沒有。你想起女巫所說的召喚穿越時空龍蝦的方法，不禁緊張的捏著其中一頁的邊角。你的內心有一個聲音告訴你，這麼做不對，這本書不屬於你，況且是你用不正當的方式得到的。

如果你撕下一頁，那隻神祕的龍蝦或許會出現，甚至幫助你解開謎團，但萬一牠沒有出現呢？萬一牠拒絕給予協助呢？牠會不會反過來責怪你撕壞了牠的書？你頓時覺得有些好笑，一隻傳聞中的龍蝦有什麼好怕的？只有身處在暗影區，你才會為一連串荒謬的問題而煩惱。

突然，華生往左急轉，繞過轉角開往嘲諷公園，那是一塊

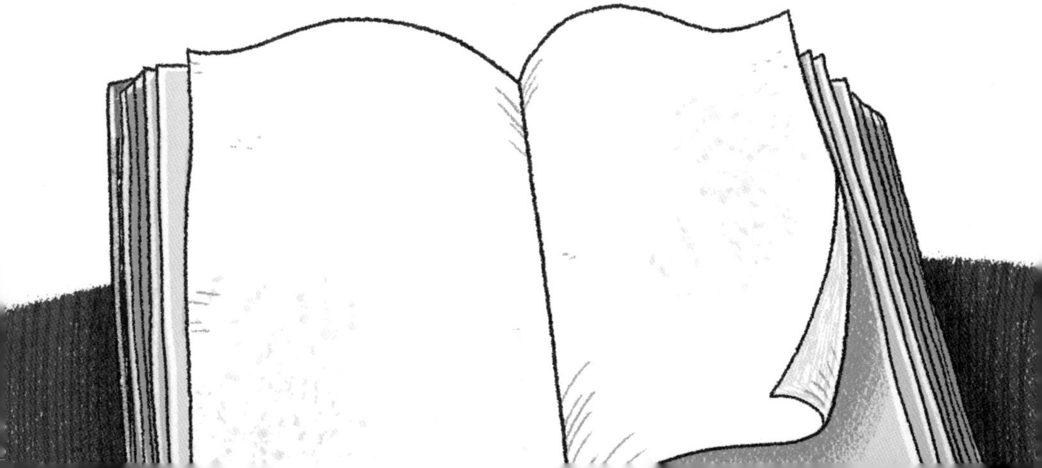

位於暗影區中心、雜草叢生的地方。你從事這份工作之前，絕對不會考慮來這裡踏青，可是現在你別無選擇。

華生載著你穿越凹凸不平的草地，進入一處陰暗的樹林，你手裡仍緊抓著那本書。你聽說這片樹林裡經常有各種可怕的生物出沒，華生為什麼要帶你來這裡？這時，牠突然一個急煞，你被安全帶緊緊勒了一下，等你回過神來，才明白牠停下來的原因。

你們正在嘲諷公園中央的史丹契湖前方。湖水是混濁的棕灰色，湖面上瀰漫著一層朦朧的薄霧，使得偶爾冒出水面的眼睛或觸腳若隱若現，湖水下的世界絕對精采萬分。

華生將引擎熄火，你明白牠要你做什麼。牠特地帶你來到湖邊，你還不知道要在哪裡找到一隻龍蝦嗎？該採取行動了！

你輕輕撕下一頁自傳，紙張立刻如波浪般擺動。書本顫動了幾下後，從你手中彈跳出去，落在車子的腳踏墊上。你低頭注視著它，發現每一頁都開始逐漸浮現文字，只是頁面翻動得很快，你根本來不及細讀。正當你準備伸手撿起那本書，它居然靈活的翻起身，從打開的車窗飛了出去。

你立刻跟著跳出車子，追著書來到湖畔，眼睜睜看著它飛入湖裡，濺起一陣不小的水花。

突然，某個東西緩緩從湖中升起。兩條觸鬚、一對大螯、六隻腳——活生生就是一隻龍蝦。牠在你面前優雅的飄浮、旋轉。

「我是穿越時空的龍蝦柏納德，是誰在召喚我？」

你驚訝的說不出話來，柏納德也不打算等你回答。

「我當然已經知道了，因為我們曾經在這裡碰面。」

你不明白牠說的是什麼意思。

「現在發生在我身上的每一件事，過去都已經發生，未來也即將發生。時間並非一條單行道，而是一片汪洋大海。只有我們這些了解時間運作原理的龍蝦，才能領悟其中的奧祕。」

你開始懷疑召喚這隻胡言亂語的龍蝦究竟有沒有幫助？畢竟到目前為止，牠只是在故弄玄虛的自我介紹。

「我早已經歷過這一刻，才知道你現在會出現在這裡。你的老闆就是受我委託尋找時間海綿的那名偵探。」

隨著柏納德的出現，整座湖開始不停晃動。你感到頭昏眼花，所處的世界也變得朦朧一片。你完全無法預測接下來會發生什麼事。

「我雇用了你的老闆，找回時間海綿的卻是身為助手的你。也許你已經知道這件事了？只有你才知道自己知道什麼，而你永遠不會知道我知道什麼……你明白我在說什麼嗎？」

你努力想弄懂這隻龍蝦到底在說什麼，只是牠不斷揮動觸鬚，加上空氣中的波動和閃爍的光芒，都讓你難以集中精神。

「我已經看過你所有可能的未來，眼前的問題是你接下來要做什麼。我看得出來你因為失去夥伴的支持，而感到心力交瘁，所以我想提供你兩個方向。第一、回到警察局，試著幫助克勞斯脫身。第二、回到博物館，自己進行調查。」柏納德好心的說。

話音一落，水面浮現一個影像，你看見自己走進警長辦公室。接著水面晃動，泛起陣陣漣漪，影像改變了。這次，你溜進了博物館。

「不論你做了什麼決定，我們都會再見面。當你順利找回時間海綿時，我一定會再回來。到時候見嘍！」牠說完便一派輕鬆的跳回湖裡。

你聽見華生發動引擎，連忙跑回車子裡。倒車時，車輪在泥地空轉了一陣。等順利駛離湖邊後，華生慢慢停了下來，等待你告訴牠接下來該往何處。

？你決定回到警察局嗎？

前往第143頁

陷入不法

？或者你覺得應該去博物館？

前往第161頁

行銷天才

陷入不法

雖然你不願意再次踏入警局，為了救老闆，也只得硬著頭皮進去。你在大廳冷冰冰的塑膠椅上坐了好一會兒，人馬警官才終於帶你進入接見室。克勞斯隔著厚重的強化玻璃，坐在你面前。從玻璃上的無數刮痕和彈孔來看，這裡顯然發生過不少腥風血雨。克勞斯拿起話筒，示意你照做。你用顫抖的手把話筒湊到耳邊，聽見熟悉的聲音傳了過來。

他說：「放心，我還沒有被正式起訴，只是暫時被拘留。我想這一切都是為了對我下馬威而故意作戲，而且他們也想抓到我的把柄，所以才同意讓你來見我。這個地方被監聽了，擔心你失言，我來說話就好。」

你點點頭。

「他們唯一的證據，是在犯罪現場找到的毛髮，而任何人都有可能拿我的毛髮放在展覽室來陷害我。」

你和你老闆共用一個辦公室，當然知道他每天的掉毛量有多麼驚人。只是誰會想要陷害他？你很想問，最後還是忍住了。

「仔細想想，夜間市長弗蘭肯芬可能是達卡的軟肋。他與警隊合作，打造杜絕犯罪的形象，海綿卻在達卡看守時不翼而飛，雙方簡直顏面盡失。我得找出對達卡有利的資訊與他交換，才有機會離開這裡。」

你無意間用眼角餘光瞥見，在你頭頂右上方的一臺監視器發出一閃一閃的微光。克勞斯說得對，你們的一言一行全都被監視著。儘管你很想和老闆分享自己的發現，但現在最好不要輕舉妄動。

「我需要你全神貫注的聽好，」克勞斯傾身向前，「起初，我們掌握了幾個嫌疑犯，包括陶德惠索館長、三隻人魚、格雷琴·泡巴，以及歐萊里教授。」

你發現克勞斯沒有提到達卡警長或瑞瑪洛巡佐。這很

合理，畢竟這場對話並不安全。

「如果我們忽略了某個對象呢？某個更靠近犯罪現場的嫌疑犯。」他壓低聲音說：「我指的不是陶德惠索。」

克勞斯想暗指警察可能涉入其中，只是說法顯然不夠含蓄，因為他身後的門猛然被打開，達卡警長快步走了進來，腳步聲大得能從話筒裡聽見回音。達卡對你皺了皺眉，大大的吐了一口氣。他的鼻息使玻璃窗泛起一陣霧氣，克勞斯連忙用被銬上的雙手抹掉，以免看不見你。

「你們似乎相談甚歡，是嗎？」達卡問。

你努力用微笑掩飾心中的恐懼，克勞斯則冷靜的回答：「你我心知肚明，你不能永遠把我關在這裡。」

「你的意思是，除非我起訴你？」達卡憤怒的瞪著克勞斯，撂下狠話：「你可不會希望被我這隻老公牛起訴！」

「別這樣嘛！我們是老朋友了，你知道我在外頭自由活動對你更有好處，我願意傾盡全力幫忙。」

達卡冷冷的說：「你已經在幫忙了。索斯塔，我在此以偷竊時間海綿的罪名逮

捕你！你有權利為自己辯解，但你所說的任何事都會被忽略。」

「不是我做的。」克勞斯堅持自己的清白。

「你記得以前我們聽到嫌疑犯這樣狡辯時，都會忍不住大笑嗎？」牛頭怪說：「現在這句話變成你的臺詞，卻沒那麼好笑了，對嗎？我給你最後一次機會，談談該如何解決這個案子，你的朋友可以先去外面等。」

克勞斯望著你，表情凝重的說：「剩下的就交給你了。你知道該怎麼做，對吧？我被關在這裡，沒辦法陪你破解謎團。」

你忽然意識到，自己得孤軍奮戰了。

達卡警長注視著你，眼神銳利得像是能刺穿你臉上的每一個毛孔。他出聲警告：「人類，如果我是你，我會趁警

方尚未找到拖你進來的理由之前，趕緊離開這裡。」

你連忙起身，走出接見室，返回大廳途中，差點撞上迎面而來的瑞瑪洛巡佐。她行色匆匆，絲毫沒有注意到你。

你內心百感交集，除了感受到接近真相的興奮，也體會到老闆不在身邊的焦慮。克勞斯說得沒錯，竊賊就在警局裡。然而，究竟是哪一位呢？

? 你覺得是達卡警長嗎？

前往第148頁

達卡的自白

? 或者你認為是瑞瑪洛巡佐？

前往第175頁

瑞瑪洛的角色

達卡的自白

你在避風鎮暗影區擔任私家偵探助手之前，早已料到未來可能會碰上各種光怪陸離的案件。即使你已身經百戰，仍對這次的竊案感到吃不消。入行以來，你從未想過有一天會親眼看見老闆被收押，也沒想到他居然會瞞著你獨自進行調查。你想起他總掛在嘴上的招牌名言：每個人都有祕密。你甩甩頭，拋開思緒。現在首要任務是找出犯人、救出克勞斯。

你花了一整天尋找蛛絲馬跡，卻幾乎一無所獲。每當你循線找出可能是竊賊的嫌疑犯，總會發生出乎意料的事情推翻你的理論。突然，克勞斯最近跟你說過的一句話浮現在腦海：密室謎案的頭號嫌疑犯，就是握有鑰匙的人。

你知道達卡警長當時有展覽室的鑰匙。從你第一次見到那位牛頭怪，他便堅持要你們別碰這個案子。你曾聽說他很欣賞克勞斯的辦案能力，既然如此，為什麼不准你老闆干涉呢？身為警長的達卡，理當希望盡快破案啊！

除非他自己涉嫌重大。

你想確認自己的假設是否正確，於是低著頭，雙手插在口袋裡，故作輕鬆的大步穿越警局大廳。人馬警官抬頭望了你一眼，本想出聲叫住你，卻被一位肚子裂了一個大洞的喪屍轉移注意。

「天啊！這下可好了。」人馬警官翻著白眼大吼：「你一定要用這種方式對我們坦誠相見嗎？」

你連忙趁機溜進一條走廊。你環顧四周，發現一邊是牢房和偵訊室，另一邊則是辦公室。

你找到一間掛著達卡警長名牌的辦公室，小心翼翼的望進門上的小窗，裡面沒有人。你躡手躡腳的轉開門把溜進去，盡可能不製造任何聲音。

一隻蒼蠅在辦公室裡到處亂飛，發出惱人的嗡嗡聲。你沒心思趕走牠，因為你必須在達卡回來之前，找到能制伏他的關鍵證據。

達卡警長的辦公桌亂成一團，紙張四處散落，讓你聯想到克勞斯的座位。你翻找著成堆的辦案報告，上面記載著各式各樣的案件，包括與吸血鬼有關的失蹤人口案、狼人闖入炸雞店被起訴、小矮人遭指控侵入鄰居家的花園……然而，你並沒有發現任何關於時間海綿的記錄。

你正準備拉開辦公桌的其中一個抽屜，就看見門上的霧面玻璃小窗出現一道身影。從長了牛角的頭部判斷，對方無疑是達卡警長。室內唯一能躲藏的地方是桌子底下，你知道躲在這裡並非明智之舉，可是現在已經顧不得那麼多了。你匆忙爬進去，趕在牛頭怪進來之前藏好自己。

你聽到百葉窗被拉上的聲音，辦公室內變暗了。他究竟在隱藏什麼？他是否看見你了？你盡可能的蜷縮身體，同時做好最壞的打算——憤怒的牛頭怪警長突然出現在你眼前，把你拖出桌底。達卡走進來後，直接坐到桌前。你的心臟跳得飛快，因為他把椅子滑向辦公桌，雙腳還伸進桌子底下。

達夫粗壯的牛腿離你的鼻子只有幾公分。你屏住呼吸，除了避免自己被發現，也能防止聞到他的腳臭。

牛頭怪從抽屜裡拿出一個東西，可惜你無法看清楚那是什麼。他關上抽屜後立刻撥了通電話，你聽見他的手機發出一連串的嗶聲。

「喂？」

「我有好消息。」達卡說。

「千萬別說你找到時間海綿了。」你認出那是夜間市長弗蘭肯芬的聲音，「博物館只要多關閉一天，我就離夢想中的購物中心近了一點。」

「我知道，但是……」

弗蘭肯芬硬生生打斷牛頭怪的話，「陶德惠索館長想盡各種辦法留住博物館，完全不願意退讓，可是現在誰想去那種地方啊！我堅信，設備新穎的購物中心才能帶來大量的選票……噢！抱歉，是顧客。對了，我此刻造訪的外西凡尼亞就有一座大型商場，那裡簡直是當地社區居民的生活重心。」

「聽起來十分吸引人，」達卡焦急的說：「可是我指的是我們之前談過的另一件事，有關降

低鎮上犯罪率的問題。」

「說到這個，你有什麼計畫？」

「其實……」達卡壓低聲音說：「異象警隊現在沒有任何一位警員能勝任這個重責大任，我需要更優秀的人才。」

「你建議為警隊聘用更多警員？」

「只要再請一位就夠了。」警長回答。

「你已經有合適的人選嗎？」

「克勞斯．索斯塔。我並沒有完全原諒他當初做的決定，但他的確是我最好的戰力，我得把他找回來。」

「他已經是獨立開業的私家偵探了，還會願意回來嗎？」

「別擔心，我已經找到可以讓他答應的方法了。」達卡別有深意的說。

你的胃一陣翻騰。

假如克勞斯回到異象警隊，你就必須回歸原本正常的生活，再也沒有理由去探索暗影區的各種事物了。

一個敲門聲打斷了這場對話。

「抱歉，警長。」你聽到人馬警官怯生生的說：「大廳出了點狀況，一個頑強的小精靈拒絕被捕……」

達卡怒斥：「你們這群沒用的傢伙，每件事都要我親自處理！弗蘭肯芬，我們稍後再談。」

弗蘭肯芬回應：「沒問題，你不忙的時候再聯絡我。記住，我們『不急著找到那塊海綿』。」

「你放心，它還會消失好一陣子。你的購物中心絕對會順利落成，取代那間破舊的博物館。」

達卡掛上電話，把抽屜關起來，起身走出辦公室。他一離開，你便從桌子底下爬出來，伸展痠麻的四肢。你好奇的打開抽屜，發現裡面有一個絨布材質的袋子。你小心翼翼的把它拿起來，雙手因緊張而微微顫抖。你打開袋子看見海綿後，再也無法克制心中的欲望，輕輕擠壓了它一下。

突然，整個世界靜止了，空氣中的塵埃也紋絲不動。嘎吱聲、嗶嗶聲、敲擊聲，全被延長成一個連續音。此時的時間海綿在你手

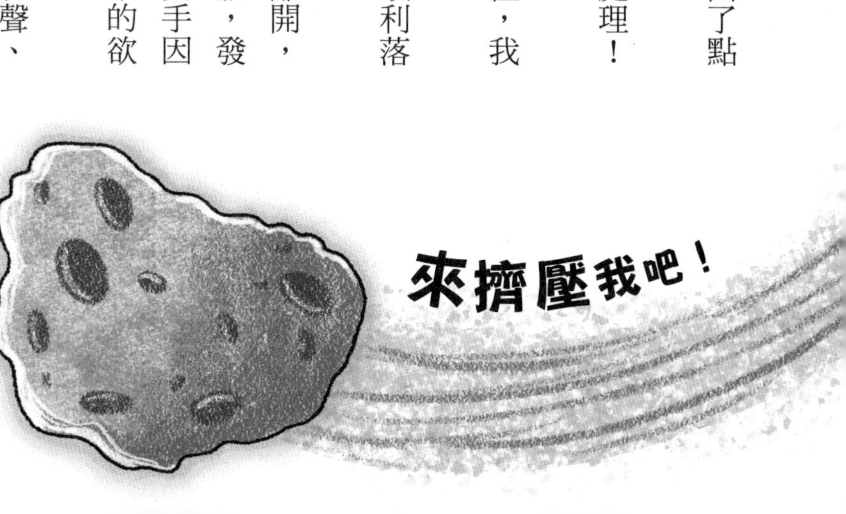

上閃閃發亮。

你注意到前方有一個黑色小點浮在空中，原來是那隻惱人的蒼蠅，牠飛到一半就定住不動了。你伸手用手指戳了牠一下，牠又動起來，再度繞著屋內嗡嗡亂飛。你發現了時間海綿的運作原理：海綿被擠壓後，每個事物會瞬間暫停，只要被握有海綿的人碰到，便會恢復正常。

你走出辦公室，沿著走廊回到警局大廳。

眼前的景象讓你驚訝的張大嘴巴，下巴差點脫臼。所有生物一動也不動，連風也停止吹拂，整個大廳彷彿被按下暫停鍵的電視畫面。人馬警官拿著一支拖把，你不想去看他在清理的那坨髒東西。達卡警長顯然是在對一個小精靈大吼，激動得連口水都噴了出來。

你發現那隻蒼蠅居然跟在你身後，從辦公室飛到走廊。你趕緊關上通往大廳的門，深怕牠飛出來後不小心撞上這些警官或罪犯，解除他們的靜止狀態。

你突然想到，靜止不動的不只是警隊，而是整個世界。自己的行為造成如此大的影響力，讓你難以置信。只要你放開海綿，世界又會恢復運轉，而且沒有人知道發生過什麼事。

掌握權力的感覺令你飄飄然，但你必須保持專注。你找到克勞斯所在的牢房，瑞瑪洛巡佐站在他前面，手上拿著一串鑰匙，看起來正在說話。你來到瑞瑪洛的身旁，小心翼翼的拿走鑰匙，要是一個失手，就可能把她從靜止狀態中喚醒。成功達到目的後，你才終於鬆了一口氣。你找出克勞斯那間牢房的鑰匙，門嘎吱一聲的打開了。你走向雪怪老闆，拍了拍他的手臂。

被你碰到的克勞斯就像那隻蒼蠅一樣，再次動了起來。他眨眨眼環顧四周，看見打開的牢房門、靜止的瑞瑪洛，以及你手裡的海綿。

「做得好！」他欣慰的說：「我就知道你可以解開謎團。我猜你一定是在警長的辦公室裡找到海綿。」

你點點頭，很高興克勞斯終於回來了。你跟著他走進警局大廳，心裡產生一絲歉疚。你和雪怪老闆總是一起在這個瘋狂又混亂的世界，竭盡所能的找出每位嫌疑犯謊言裡的漏洞，拼湊出事情的真相。他的為人你最清楚，怎麼會懷疑是他拿走海綿呢？

克勞斯仔細看著靜止中的達卡警長。從牛頭怪嘴裡噴出的唾液定格在空中，看起來居然像是閃爍著光芒的寶石。雪怪輕輕點了他一下。

達卡渾然不覺的繼續大吼：「……否則我會扯掉你的翅膀，而且……索斯塔？怎麼會？噢！」

達卡望向周圍，視線落在你緊握著海綿的那隻手。你後退一步，同時留意不碰到其他警官，以免反過來被制伏。

「我明白發生什麼事了。」達卡說。

「我也是。」克勞斯

憤怒的說：「我知道你想做什麼。你打算用莫須有的罪名把我關起來，威脅我回來為你工作！」

達卡警長哼了一聲，沒有否認。

「我需要你回來。」他不甘願的承認。

「你就這麼希望我回來，甚至不擇手段的陷害我？我敢說一定是你親手把我的毛髮放在展示櫃。」克勞斯冷冷的望著達卡。

警長試圖辯解：「你說得太嚴重了，只要你回來，我保證那個海綿最終一定會物歸原主。」

「海綿的主人是穿越時空的龍蝦柏納德。」

你清楚的聽到這句話，只是說話的人不是克勞斯，也不是達卡。這個聲音是直接出現在你腦海裡，之所以聽得見是因為你手裡握著海綿，這就是它的魔力。

「索斯塔，你現在想怎麼樣？」達卡咆哮。

「你來告訴我啊！你認為我是要跟大家宣布你就是拿走時間海綿的小偷，還是要把你誣陷我的事情昭告天下？」克勞斯一口氣舉出達卡警長的所有罪狀，絲毫不留情面。

「我無話可說……」達卡像洩了氣的皮球般癱坐在地。

「達卡，你知道我的個性。我不會揭發你對我做的事，也不會讓大家知道你是這起竊案的罪犯。此外，我也不可能回來為你工作。」

你聽見克勞斯說的最後一句話，內心感到如釋重負。

達卡用懇求的眼神看著克勞斯說：「拜託，我……需要你。」

克勞斯搖搖頭說：「抱歉，我當時已經做出決定了，更何況我現在還有其他責任。」他俏皮的對你眨眨眼。老闆選擇了你，讓你莫名感動。

你對於克勞斯願意放過達卡並不感到訝異，你知道對他來說，比起懲罰罪犯，他更在意找出事件的真相和解開謎團的成就感。雪怪老闆非常享受在辦案過程中抽絲剝繭、拼湊線索的樂趣。

「達卡，你絕對不可以再犯下同樣的錯誤！」克勞斯嚴肅的說：「你必須對你的部屬更有信心。儘管我時常揶揄瑞瑪洛，仍欣賞她的辦案能力。其實，時間暫停之前，她告訴我，她察覺到是你偷了海綿。」

「瑞瑪洛也知道了？」達卡錯愕的問。

克勞斯點點頭，「對，她當時正在尋求我的建議。」

「你對她說了什麼？」

「我什麼都還來不及說，現在也沒必要對她多嘴，你應該親自解決你們之間的問題。如果你願意聽聽我的意見，我認為你應該考慮賦予她更多責任。她是一名好警察，絕對能夠協助你掃蕩鎮上的罪犯。」克勞斯回答。

「謝謝你，索斯塔。現在該怎麼辦？」達卡問。你看得出他還有千言萬語，只是自尊心不容許他把話說出來。

「我和我的助手會確保物歸原主。」

「海綿的主人是穿越時空的龍蝦柏納德。」腦海中的聲音再次提醒你。

你把時間海綿放進絨布袋，整個世界在幾秒鐘內恢復運轉，沒有任何人知道自己剛才彷彿雕像般靜止不動。現在仍僵在原地的只有達卡，他看著你們走向警局大門。在你們離開之前，瑞瑪洛一臉困惑的出現在警長身旁，畢竟就她所知，克勞斯應該還被關在牢裡。你的老闆微笑著對她揮手致意。

克勞斯說：「我很好奇他會怎麼向瑞瑪洛解釋。他會坦承真相嗎？但願如此。希望他能從這次錯誤學到教訓。」

你和克勞斯走出警局，來到街上，你很高興可以再度和雪怪老闆同行。裝著海綿的絨布袋仍在你手裡，克勞斯沒有要求你交出來。你感受到時間海綿的重量，渴望再次體驗它的魔力，況且絕對不會有人發現。你只要把它緊緊握在手中，便能夠像上次一樣擁有完全屬於自己的時間。

「就是現在！」腦海裡的那個聲音鼓勵你，於是你打開絨布袋，把手伸進去擠壓時間海綿。

一切都停止了。

你完成了三種結局中的
其中一種。
前往第217頁
這就是結局？

行銷天才

這是你入行以來首次在沒有克勞斯的陪伴下進行調查，你感到前所未有的孤獨與不安。你所做的每個決定，都將由自己負責。引導你來到魔具珍寶博物館的每個行動，全是你的選擇。克勞斯遭異象警隊關押，華生正停在路邊等你。現在，只有你才能破解這個謎團。

已置身在博物館的你聽到了腳步聲，幸好展覽室外有一座巨大的老爺鐘，你連忙打開時鐘上的面板，躲了進去。兩名女性的談話聲從遠處傳來，漸漸靠近你所在的位置。你從面板上的鑰匙孔往外窺看，發現陶德惠索館長和瑞瑪洛巡佐一邊討論案情，一邊走進展間。

「我不明白你為什麼要我特地過來一趟？你根本是在浪費我的時間。」瑞瑪洛聽起來很生氣。

「親愛的，我請你過來，是因為我希望取消這一切。」館長柔聲說。

「取消什麼？」

「調查。」

「為什麼要取消調查？我們還沒有找到時間海綿啊？」

「好吧！你們繼續辦案，但是……就這樣吧！不必急著破案，我相信海綿遲早會出現的。」

「這是……什麼意思……」瑞瑪洛一頭霧水的問：「我以為你希望博物館能夠盡快重新開放？」

「我已經在準備重新開放了，親愛的。」

你挪了挪身子，想讓自己舒服一點，長時間蜷縮在老爺鐘裡，讓你的腳麻了。

陶德惠索館長和瑞瑪洛巡佐正站在展覽室中央，陶德惠索脫下了羊毛帽，頭上的老蛇不停蠕動。

「我不明白。」瑞瑪洛不解的問：「時間海綿不是這次展覽的主角嗎？沒有海綿要如何繼續呢？」

陶德惠索把一隻手放在空無一物的展示櫃上，微笑著說：「它的確是本次特展最吸睛的亮點，它的消失為展覽增加了話題。」

「增加話題？」瑞瑪洛疑惑的重複她的話。

「沒錯，我甚至慶幸它被偷了。《異常生物日報》和暗影電臺整天都在報導這則新聞，他們稱之為密室竊案，民眾似乎很喜歡這種懸疑刺激的主題，這段期間我辦公室的電話響個不停，全都是來預約參觀案發現場。」

「你的意思是，你要在沒有時間海綿的情況下，重新開放參觀特展？」

陶德惠索把記憶洗手臺的導覽牌撕下，交給瑞瑪洛。

「不，我不是要重啟時間之旅特展，而是策畫全新的『密室竊案』展覽！我計畫邀請民眾來展間蒐集所有證據，體驗親自

破解謎團的成就感。事實證明這個點子大受歡迎，展覽的預約已經排到兩星期之後了呢！」蛇髮女妖館長小心翼翼的在記憶洗手臺旁貼上新的導覽牌，為展品賦予不同的意義。

陶德惠索的聲音聽起來很愉悅，「我個人認為歐萊里教授是頭號嫌疑犯。那三隻人魚在海綿失竊前就已經回到飯店，犯人絕對不可能是他們。噢！我真是太期待了！這間博物館自從在一八九五年收藏了受詛咒的古埃及文物後，參觀人數便每況愈下。早知道當時就不把那些木乃伊搬過來了。」她一邊抱怨，一邊撿起摔在地上的命運餅乾麵糊。

「你真的不應該移動……慢著，那個碗之前沒有被摔到地上。整個案發現場亂成一團！你不該碰任何東西，更不該讓民眾進來！」瑞瑪洛大怒。

「這是我的博物館，我愛怎麼做就怎麼做。」陶德惠索館長高傲的還嘴：「我必須去為即將開幕的新展覽做準備了。這次主打的互動性體驗肯定會吸引一大票民眾，我的博物館將再次擠滿人潮！」她的雙眼閃爍著興奮的光芒，頭上的毒蛇們也嘶嘶吐著蛇信。

瑞瑪洛抗議：「我相信達卡警長絕不樂見你售票，讓什麼也不懂的民眾進入犯罪現場搗亂！」

陶德惠索館長悻悻然的說：「我知道，可是他因為當晚握有這裡的鑰匙而成了主要嫌疑犯，應該沒資格說嘴吧？」她帶瑞瑪洛到展覽室的一個角落，那裡有一串鑰匙和一個螢幕，上面顯示著許多枚放大的指紋。螢幕上方貼了一張達卡警長的照片，旁邊寫著「嫌疑犯」。

儘管瑞瑪洛明確表示反對，卻似乎對這個展覽很有興趣，忍不住傾身仔細研究新展品。

「放在你辦公室的備用鑰匙呢？」她問。

陶德惠索館長用力的拍了一下手，笑道：「你的意見非常好！我應該也把那支鑰匙拿出來展示。」

瑞瑪洛恢復以往的專業，惱怒的說：「展示？犯罪案件應該由專家來處理，而非業餘人士，更不是愛管閒事的老百姓！」

「話雖如此，但是你所謂的專家在這個案子都淪為嫌疑犯了。」陶德惠索按下一個按鈕，牆面頓時出現一塊貼著海報的木板，上面除了有許多照片，還有指向各種線索的箭頭，這讓你聯想到自己的筆記。

破解密室竊案！
你認為是誰拿走時間海綿？
達卡警長
持有鑰匙
克勞斯．索斯塔偵探
被發現在附近徘徊
歐萊里教授
唯一接觸過
海綿的嫌疑犯
三隻人魚快遞
運送海綿
瑞瑪洛巡佐
在博物館外守衛
格雷琴．泡巴記者
說謊高手。有人看到她
晚上十點至午夜十二點
待在辦公室。

「你做了一個犯罪揭示板來誘導民眾？你竟敢這樣做！」瑞瑪洛失控的大叫，聲音隨著怒火高漲變得越來越尖銳。

「噢！冷靜下來，親愛的，你會從自己的高蹺上跌下來。」陶德惠索館長用抹布把潑濺出來的命運餅乾麵糊擦起來，擰回碗裡。「我不想再浪費你寶貴的公務時間了，警官。」

「我只是巡佐。」

「真的嗎？我發誓我在命運餅乾麵糊裡看到『瑞瑪洛警官』這幾個字。」陶德惠索館長若無其事的說。

「是嗎？」瑞瑪洛一聽到有升職的可能，高興得合不攏嘴。

她們兩個總算並肩離開展覽室，經過你身邊時，你屏住了呼吸。

「對，只是麵糊的預言並非完全可靠。」陶德惠索館長忽然停下腳步，「說到這個，你下次見到你的老闆……」

「達卡警長？」

「不，我指的是你的大老闆，夜間市長弗蘭肯芬。請幫我轉告他，他必須再等一陣子才能與建購物中心了，因為博物館馬上就要重新營業了。」館長的臉上掛著一抹勝利的微笑。

瑞瑪洛義正詞嚴的說：「我不是夜間市長的奴僕，政客來來去去，我只關心正義是否被伸張。」

你聽見陶德惠索頭上的蛇發出嘶嘶聲。

「很高興聽到你這麼說，不過我關心的只有博物館，現在，我必須去為開館做準備了。」

瑞瑪洛似乎想再說些什麼，卻抿著嘴，一言不發的離開了。陶德惠索館長沿著走廊，快步消失在通往她辦公室的階梯。

你輕輕推開老爺鐘的面板，小心的爬出來。

這時，你發現老爺鐘底下露出一個東西，是一枝綠色的鋼筆，筆身其中一面印著「暗影大學」。這個物品不會平白無故出現在案發現場，你心想，最近應該不是只有你躲進這座時鐘裡。

你把鋼筆放進口袋，偷偷摸摸的從博物館後門溜出來。直到脫離滴水嘴獸的視線範圍，你才敢大口喘氣。

該做出決定了。

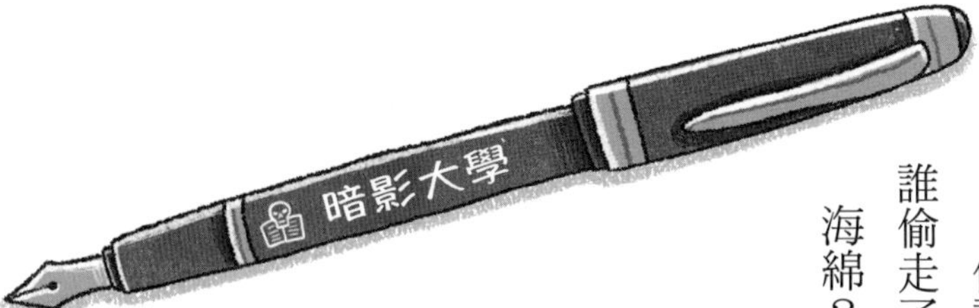

你認為是誰偷走了時間海綿？

? 你認為瑞瑪洛巡佐的行跡可疑嗎？

前往第175頁

瑞瑪洛的角色

? 或者你認為是達卡警長拿走了海綿？

前往第148頁

達卡的自白

? 或者你覺得是歐萊里教授偷走海綿？

前往第190頁

當下的禮物

單挑雙頭犬

華生成為汽車的生涯並不長，因此牠對交通規則不太熟悉。牠正帶你前往圖書館，路上誤闖了一條單行道，你的雙手緊握著座位旁的把手，忍不住懷疑牠究竟能否平安的載你到目的地。牠努力在鎮上穿梭，一路伴隨著其他汽車的喇叭聲和駕駛們的怒罵聲。途中牠為了追逐一隻貓，甚至開上人行道，你慌張的穩住方向盤，才勉強把牠拉回車道。

當你終於抵達圖書館時，內心鬆了一口氣，卻似乎有點暈車。華生為你打開車門，你離開前不忘拍拍牠的引擎蓋，感謝牠把你載到你想去的地方，而且沒讓你丟掉小命（或是沒讓你吐出午餐）。

你緩緩走向圖書館，聽到負責守衛的雙頭犬德魯柏正對著你吠叫。除了你，牠也看見玩伴華生了。你的心裡盤算著一個計畫——德魯柏喜歡華生，迫不及待的想一起玩耍，可是牠的牽繩牢牢釘在牆壁上，只要你走進去解開繩子，讓華生陪牠四處溜搭，就能不費吹灰之力的走進館內，拿走穿越時空龍蝦的自傳，完成召喚龍蝦的任務。

你朝德魯柏那兩副像剃刀般銳利的尖牙走去，雙腿一陣發軟，腦袋一片空白，幾乎忘了自己來這裡的目的是什麼。

你硬著頭皮推開門，德魯柏的吠叫轉變成帶有威脅性的低吼。你想起歐萊里教授曾經說過，異類圖書館嚴禁人類進出。你太習慣克勞斯隨時都在你身邊，以至於通常將他的保護視為理所當然。如今克勞斯不在，就沒有什麼事情可以阻止這隻巨大的雙頭犬，用牠的兩張嘴把你撕成碎片。

華生的喇叭聲適時響起，轉移了德魯柏的注意力。牠熱切的抬起兩個頭，嘴巴吐著舌頭，彷彿期待主人陪玩的寵物狗。華生發動引擎，擺動擋風玻璃上的雨刷，向德魯柏示意牠想大玩一場。

德魯柏努力掙脫牽繩，完全把你拋在腦後。你抓住機會，衝向櫃臺後方的牆壁解開雙頭犬的牽繩，讓牠自由。

然而，現在還有另一個更棘手的問題妨礙你的計畫。

圖書館的入口是個旋轉門，而旋轉門裡的空間太小，沒辦法讓德魯柏這樣的大型犬通過。可憐的雙頭犬發出陣陣哀鳴，牠試著先讓右側的頭塞進旋轉門的一邊，再把左側的頭塞進另一邊。華生在圖書館外不停用後輪磨地製造出聲響，催促德魯柏趕快趕上。

這時，你注意到旋轉門旁有另一道門可供進出，於是連忙用力把門打開。德魯柏完全沒有留意到你，牠一看見有新的出口，便像閃電般衝了出去，追逐疾駛在道路上的華生。

這樣的情況使你納悶，避風鎮的人

類為什麼能和暗影區的生物和平共處？不過你知道，大多數的人類即使看見這個怪異的景象，也只會以為德魯柏的兩顆頭是分屬於正在並肩追逐一輛車的兩隻狗。

現在可不是思考這種事的時候！

你拉回思緒，火速來到歐萊里教授翻找的書櫃，尋獲那本龍蝦的自傳。就在這個時候，你聽見圖書館外傳來一陣吠叫。

原來是華生回來了。現在沒有時間打開那本書，你只能趕緊撤退。回到大廳，你看到德魯柏開心的追著華生繞圈圈，不停聞著牠的排氣管。你快步走出圖書館，朝華生揮揮手，牠立刻乖乖停在人行道旁。德魯柏無法理解華生突如其來的舉動，還以為是在玩遊戲。牠用鼻子輕輕碰了碰華生的側門，可是華生彷彿一輛正常的汽車，對此毫無反應。

德魯柏失望極了。牠低垂著兩顆頭，黯然的回到圖書館去。牠不再興奮的搖尾巴，甚至看都不看你一眼。你來到華生身邊，車門已自動打開，你趕緊跳進車裡，聽到電臺恰好開始播報新聞。

「時間海綿竊案有了新進展！」尼克．格林說：「消息指出，達卡警長將要以偷竊海綿的罪名逮捕雪怪。」

華生發動引擎，牠已經準備好帶你前往任何地方。

？你想回到警局去幫助克勞斯嗎？

前往第143頁

陷入不法

？或者你應該撕下一頁自傳，召喚柏納德？

前往第136頁

穿越時空的龍蝦

瑞瑪洛的角色

你覺得頭昏腦脹。這個案子彷彿俄羅斯娃娃，打開一關又有另一關緊接而來，幸好你終於快要接近真相了。瑞瑪洛巡佐是你在調查過程遇見的第一位相關人士，如今則是你鎖定的頭號嫌疑犯。你只要掌握竊案發生的過程，便能逮捕她，救出雪怪老闆。

你在吵雜的警局大廳裡找到了她的辦公桌，但是她不在位置上。你知道自己在這個地方很醒目，因為你既非警察，也非罪犯，更不是怪物。儘管你現在就想仔細翻找她桌上的資料，卻不想淪為和老闆一樣的處境，所以不敢輕舉妄動。

你發現瑞瑪洛的制服外套和警帽留在座位上，於是迅速穿上她的外套，戴上警帽並壓低帽簷遮住自己的臉，希望沒有人發現。這時，你聽到背後傳來一個聲音說道：「你今天怎麼沒有踩高蹺？瑞瑪洛。」

說話的人是達卡警長。

你緊張的點點頭，祈禱他不會要你轉過身去。

他說：「既然你已經從博物館回來了，就去向索斯塔施加一點壓力吧！記住，我們需要他幫忙抓住那個賊。」

你實在沒信心裝出瑞瑪洛的聲音，只好胡亂吼了一聲來代替回答，然後低頭快步穿過大廳。你一路上繃緊神經，擔心真正的瑞瑪洛突然出現在眼前。終於，你順利溜到走廊，找到關押克勞斯的牢房。瑞瑪洛正站在雪怪面前，幸好她背對著你，讓你有機會鑽到桌子底下躲好。瑞瑪洛警覺的環顧四周，似乎察覺有人進入房間，但她沒有看見你。即使你的心臟因緊張而狂跳，你仍努力恢復平穩的呼吸，以免暴露自己的行蹤。

「誰在那裡？」瑞瑪洛問。

「沒有人。」克勞斯回答。

克勞斯看見你了嗎？他是不是在掩護你？你不確定。當瑞瑪洛轉過去面向雪怪時，你鬆了一口氣。

「沒關係，你就繼續幸災樂禍吧！」

「幸災樂禍？我？」瑞瑪洛揚眉問道：「為什麼我要幸災樂禍？因為你被關起來，而我將成為這件案子的偵辦主警？」

「達卡任命你為偵辦主警？真有趣，看來他不想偵破這起竊案。」

瑞瑪洛得意的說：「隨便你怎麼嘲笑！《異常生物日報》現在稱我為『異象警隊新秀』，我很喜歡這個稱號，只是想去找格雷琴談談，請她為我想一個能夠長久使用的稱呼，畢竟我會一直待在這裡。」

「噢！」

儘管你看不見克勞斯的表情，你仍可以聽出他聲音裡隱藏的情緒。那聲「噢」代表他找到了能夠鎖定嫌疑犯的關鍵線索。

「當你找到時間海綿……」克勞斯說。

「我就會成為英雄。」瑞瑪洛沾沾自喜的接話。

「達卡還沒找到新警官，對吧？我想你會是這個職位的最佳人選。」

克勞斯藉由輕鬆的閒聊，試著讓瑞瑪洛放下警戒。這招似乎有用，因為瑞瑪洛開始把身子倚在鐵欄杆上，顯然很享受掌控局勢的感覺。

克勞斯一隻手抓住欄杆，傾身靠近精靈女警，用微弱但足以讓你聽見的音量說：「瑞瑪洛警官，聽起來很不錯。」

你找到一個可以看見瑞瑪洛臉部的角度。她眼神迷濛，彷彿正陶醉於幻想美好的未來。你看到克勞斯的另一隻手緩緩移向她。他是否想要抓住女警，藉此威脅她打開牢門？你不確定。

「雖然沒辦法保證一定是你找到海綿，」克勞斯停頓了一會，「可是我想那並不重要。沒有人期望你能像前任警官那樣優秀。」

瑞瑪洛直視克勞斯的眼睛，「放心，我一定會找到的。」

克勞斯說：「那得看你的辦案方向是否正確。另外，我很抱歉推了你。」

瑞瑪洛不解的問：「你什麼時候推了我？」

「就是現在！」克勞斯的右手迅速穿過欄杆，猛力推了瑞瑪洛一把。在她跌倒時，某個東西從她的其中一支高蹺飛了出來。

「接住！」克勞斯大吼。你明白這句話是對你說的，這表示你溜進房間時，他的確看見你了。此刻正是需要你們分工合作的時機！

一個小絨布袋朝你飛來。

你從桌子底下衝出來，接住了它。當你的手碰到絨布袋時，你下意識捏了它一下。袋子裡的東西開始閃閃發亮，你感受到彷彿有人正把糖漿往你頭上倒的異樣感。

袋子裡裝的正是時間海綿，而它暫停了時間。你看到克勞斯一動也不動的站在欄杆後方，瑞瑪洛則跌到一半，她的姿勢看起來像是要抓住時間海綿，不過你比她早了一步。

「你擠壓了它。」一個聲音說：「時間會照你的意願停止。」

那是穿越時空的龍蝦柏納德的聲音，牠是時間海綿的擁有者。

你驚訝的看到一切靜止不動。你低頭望著緊握在手裡的小袋子，意識到自己已成功讓時間暫停。瑞瑪洛跌倒前肯定正抓著牢房的鑰匙，因為現在那些鑰匙正飄在半空中。你拿走鑰匙，打開牢門，然後放開海綿。

時間開始流動。

「搞什麼……牢門怎麼會打開……噢！我明白了。」瑞瑪洛巡佐迅速站起身，從高蹺跌下來的她，個子變得和你差不多高。「別忘了，那道門的另一頭有幾百位警察！」

克勞斯說：「你也別忘了，門的這一邊有一個賊。如果我是你，就不會急著把同僚都叫進這裡。先讓我們釐清這究竟是怎麼一回事，好嗎？」

瑞瑪洛氣惱的環顧四周，試圖找藉口脫身，然而你們已經當場抓到她拿著時間海綿。克勞斯現在打算推敲她是如何拿到海綿，他很享受這個過程。

「達卡警長昨晚負責守衛，你也在場，不是嗎？你本來應該在博物館外看守，卻還是進去展覽室了，對嗎？你知道達卡喝了很多香檳，中途一定會去上廁所。你只需要等他暫離崗位，就可以趁機溜進去。」

「你怎麼解釋上鎖的門？」瑞瑪洛反問。

「好問題。儘管達卡拿走了鑰匙，陶德惠索館長的辦公室仍有一支備用鑰匙。她現在的視力不太好，我猜昨晚舉行夜間記者會時，你趁她不注意把鑰匙拿走了。這表示你接下來可以隨時進去偷走海綿，把它藏在別人找不到的地方，也就是你的腳和高蹺之間。我們在博物館外看到你時，你走路的姿勢有點奇怪，我想是因為其中一隻腳和高蹺之間藏了海綿的緣故。」

「你什麼也無法證明！」瑞瑪洛生氣的辯駁，可是從她的語調聽來，你知道克勞斯都說對了。

「我們對嫌疑犯展開調查前，必須先推測他是否有犯案動機。你想偷走時間海綿的理由有很多，事實上，你偷它不是為了體驗它的魔力，而是想要成為找到它的破案英雄。」

瑞瑪洛忿忿不平的說：「我自認是個好警察，達卡卻始終對失去你耿耿於懷。我借用海綿是為了讓他相信，該是讓我升遷的時候了！我從未企圖嫁禍給別人，甚至是你。」

「很高興聽到你這麼說。」克勞斯說完後轉向你，「做得好！現在一起離開這裡吧！我們必須確保物歸原處。」

瑞瑪洛終於意識到自己犯下大錯，苦苦哀求道：「你不會把真相說出去吧？對嗎？拜託！索斯塔，你認識我很久了，我和你一直有志一同，我們都希望避風鎮可以成為讓大家安心居住的地方。」

克勞斯微笑著說：「不，你我的差別在於，我從不做任何違法的事。瑞瑪洛，我知道你的心地不壞，也承認你是個好警察，雖然你現在的辦案能力不如我，我相信總有一天你會追上的。」

他停下腳步，一隻手放在門把上，回過頭對她說：「這樣吧！要是我們平安的離開這裡，我就讓你自己去向達卡解釋發生了什麼事。我不在乎你如何編造找回時間海綿的英雄事蹟，只要別把我編進你的故事裡就好。」

「你真的願意讓我這麼做？」她瞪大了雙眼，無法相信自己聽到了什麼。

「我的助手和我破解了謎團，這就夠了，剩下的交給你了。」

你微微一笑。瑞瑪洛看起來鬆了一口氣。

「原來你沒有我所想的那麼討厭。」瑞瑪洛說。

克勞斯正色說：「其實，你這次的表現也比以往更好一些，只是我仍然無法放心的把歸還海綿的重責大任交給你，更何況我還有個委託要結案。」

「謝謝你，索斯塔，我欠你一個人情。」瑞瑪洛發自內心的說。

「我會記得的。」克勞斯點點頭。

你跟著克勞斯走出牢房，來到警局大廳。

「就是現在！」柏納德的聲音忽然出現在你的腦海，「擠壓時間海綿！」

你剛才已經短暫感受過它的威力，並渴望再次享受掌控一切的快感，於是你打開絨布袋，將手伸進去擠壓了一下海綿。

你完成了三種結局中的
其中一種。
前往第217頁
這就是結局？

等候室

等候室的氛圍和大廳截然不同，這裡安靜得連一根針掉到地上都聽得見。室內有一個大型木質吊扇緩緩吹送涼風，一個穿著西裝的小矮人坐在長椅上緊緊抓著手提袋，他的對面是一個抱著整袋太妃糖猛吃的哥布林老太太。你進去等候室時，小矮人和哥布林老太太看都不看你一眼。坐在角落的報喪女妖本來在看手機，一發現是你走進來，便抬頭對你露出微笑。

「啊！是克勞斯．索斯塔的新助手。」格雷琴．泡巴愉快的說：「快坐下吧！得知你老闆是個賊，一定讓你飽受驚嚇。」

你選擇保持沉默。

格雷琴鍥而不捨的追問：「你認為他是無辜的，對嗎？在這種艱難的時候仍然

忠心耿耿，真是令人感動啊！老實說，你也不確定吧？他一向都是怎麼說的？每個人都有祕密，每個人都會說謊。」

她注視著你的眼神令你惴惴不安，而你的不安引起了她的興趣，她開始放聲大笑。她是你第一個遇到的報喪女妖，你曾經聽說，報喪女妖的尖笑聲會讓人發狂，格雷琴的高頻率笑聲則像剃刀一樣刮磨你的耳朵。你試著摀住耳朵，她的笑聲卻彷彿能穿透肉體，直衝腦門，笑得你瀕臨崩潰。當她止住尖笑，你的內心才終於恢復平靜。

「大部分的人都沒辦法忍受我的笑聲，他們為了求我別再大笑，願意主動說出我想知道的一切。」

她繼續大笑，你再次飽受痛苦折磨，甚至忍不住想哀求她放過你，可是你努力壓下了那股衝動。

「嘿！別再尖笑了。」門口的一位警官不高興的大喊。

「抱歉。」格雷琴笑著聳聳肩說，接著繼續追問：「讀者們非常喜歡這種主題，我們光是今天就已經出版了十二個版本的相關報導。一宗密室竊案，一個擁有神奇魔力的寶物！引誘、欺騙、裝瘋賣傻……劇情包羅萬象。事情究竟該怎麼解決？什麼樣的結局才令人滿意？有些讀者喜歡推敲東西是誰偷的，有些則喜歡精采刺激的劇情轉折。」

她再度狂笑，呼出的氣息冷如冰雪。你忍不住想將所有想法全盤托出，彷彿喝了會讓人說實話的魔藥。你極力抵抗那股衝動。

「所有優秀的記者都知道怎麼說故事，重點在於參雜了哪些真相，排除了哪些事實。我就拿坐在那邊的扁扁阿嬤來舉例好了。」

她站起來彎腰靠近你，話語像毒藥般灌進你的耳朵。她指著那個哥布林老太太說：「這位可憐的老奶奶要養活許多張小嘴，卻沒有足夠的生活費。她來這裡是為了接回她的一個孫子，那孩子偷了一顆蘋果而被逮，他實在是餓壞了啊！聽起來似乎很令人同情，對吧？你是不是很想對她伸出援手？」格雷琴把一隻手放在你的肩

上，捏了一下。

抵抗報喪女妖的誘說，讓你吃足苦頭。格雷琴．泡巴繞到你的另一隻耳朵旁，繼續說。

「假如我告訴你，扁扁阿嬤三天兩頭就來這裡報到，是因為她們一家人總是做些犯法的事呢？她把所有的積蓄都花在賭賽龍，才會沒錢買食物。她正在吃的太妃糖，是今天早上從一個無辜孩子的便當盒裡搶過來的，她甚至搞不清楚這次是哪個孫子被逮捕。突然間，你對她就改觀了，對吧？有人告訴你如何思考，是不是輕鬆多了？」

你驚恐的發現自己居然在點頭同意。你試著奪回自己的意識，你眨眨眼，甩甩頭，迫切的想擺脫她聲音的魔力。

女妖仍在你的耳邊低語：「這起時間海綿竊案的最佳結局會是什麼呢？除了先前提過的主要人物，我聽說那幾隻人魚在鎮上到處偷東西，或許我也該讓他們嘗嘗登上頭條新聞的滋味，這麼做說不定能使報紙的銷量一飛沖天。」她皺了皺鼻子，認真思索這個問題。

難道她只在乎賣出報紙和操控人心嗎？她根本不在意真相，和你完全不同。

「陶德惠索館長呢？她肯定有祕密，不過全世界都知道博物館有麻煩了，這一點都不稀奇。博物館實在太老派，就像它陳舊的外觀，我倒是覺得越早拆除越好。也許她偷走海綿，就是為了急著吸引大家再次關注那個舊物回收處。我的讀者對這個假設很願意買單喔！他們寧願要一個新潮的購物商場，也不要一個破舊無趣的博物館。」

她那抽動的嘴脣和不懷好意的眼神，透露了她有多麼享受把自己的想法灌入你的腦袋。你感到頭暈目眩。你抬頭盯著緩慢轉動的木製吊扇，漸漸難以招架報喪女妖的魔性笑聲和話語。

「也許你認為是我拿走了時間海綿，但肯定還有其他的嫌疑犯。我告訴你，我還真希望是我拿的。接下來的新聞該以誰為頭條呢？那三隻人魚？陶德惠索館長？或是你的老闆？」

「格雷琴・泡巴！」站在門口的警官大聲呼喚：「我們的新聞發言人可以接受採訪了。」

「也該是時候了。」格雷琴說。

女妖走出等候室前，轉身面對你。

「嘿！只有你能決定下一步要怎麼做。」

她出去後順手把門關上，你終於從她的魔音傳腦中解脫了，只是她剛才提出的假設仍盤旋在你的腦海。

有一件事她說對了——只有你可以決定接下來要怎麼做。

? 你想讓華生帶你去尋找那些人魚嗎？

前往第201頁

人魚的記憶

? 或者你想讓華生載你到博物館，查證格雷琴對陶德惠索館長的看法？

前往第207頁

洗手臺裡的真相

? 或者你想找機會先和克勞斯談一談？

前往第143頁

陷入不法

當下的禮物

你很慶幸現在有華生在你身邊。身為一隻狗，牠可以聞出歐萊里教授的行蹤；作為一輛汽車，牠可以載你到歐萊里教授的所在之處。

你看見矮精靈教授正興致高昂的沿著人行道散步。在暗影區，有些生物會選擇和人類比鄰而居。幾位路人經過矮精靈時，都忍不住瞄了他的大綠帽幾眼，然而他們只會認為教授是出於某種原因才特意打扮。

路上的汽車很多，許多車都因為華生車速過慢而對牠猛按喇叭，於是你讓牠停在路邊，改為徒步跟蹤歐萊里教授。

歐萊里教授突然在一幢玻璃帷幕大樓前停下來，你趕緊躲到行道樹後，小心的探出頭繼續監視，直到他走上通往入口的階梯。你緊張得全身顫抖，這是你第一次單獨接近嫌疑犯。你想念克勞斯，希望他就在你身旁，此刻你只得竭盡所能靠自己完成任務。

你走進建築物，一塊招牌寫著：巨獅出版社，一名人類接待員坐在櫃臺後方。這個場景大概是你這陣子以來見過最正常的了，畢竟你先前拜訪的是管理警局的牛頭怪警長、經營博物館的蛇髮女妖館長，以及看守圖書館的雙頭犬警衛。

接待員抬頭看著你問：「兩位是一起來的嗎？」

你頓時心生警覺，接著有一隻大手按在你的肩上。

「是的，我和我的助手來洽公。」一個熟悉的聲音響起。

你回頭之前，已經認出那個聲音。克勞斯站在你身後，他把外套上的鈕釦扣到最上面，帽子壓得很低。對人類接待員來說，他只是一位穿著毛皮大衣的白鬍子紳士。一個活生生的雪怪走進這棟建築？太荒誕了，不可能是真的。

「你們有預約嗎？」接待員問。

「有，我們和歐萊里教授有約。他是你們的作者之一，矮個子，頭上戴著一頂大帽子。」

「那個人啊！他剛剛前往二十一樓了，你們可以搭電梯，這邊請。」

「謝謝。」

克勞斯按下按鈕。等踏入電梯，門關上後，他立刻轉向你。

「達卡放我走了。」他把握時間向你解釋：「他也知道單憑那根毛髮無法將我定罪，只是想藉機讓我嚇出一身冷汗，可惜唯一能讓我冒汗的事只有冷氣壞了。我一被放出來，就立刻進行調查，結果得到和你一樣的結論，歐萊里教授就是拿走時間海綿的小偷。我不知道他究竟是如何偷走的，卻猜得出他為何要偷海綿，我想你也清楚。一起去瞧瞧我們的推理是否正確。」

克勞斯回到你身邊，令你鬆了一口氣。你把這份安全感放在心裡，不想讓他知道你獨自一人時有多麼焦慮。

「抬頭挺胸。」克勞斯提醒道：「依照我的經驗，假如你的表現充滿自信，就能搶先震懾住對方。」

電梯門打開，你們走過一間間開放式辦公室，看到歐萊里教授獨自坐在隔著玻璃牆的會議室裡，面前擺著一份厚厚的手稿。

他聽到開門聲後，還沒抬頭就急著開口。

「我想也許我們可以把這兩章合併，內容會比較順暢。我知道你說的註解是什麼意思，但是……」

當他發現進來的不是他的編輯，便愣住了。

「啊！索斯塔，我沒有想到會在這裡見到你。你也準備出書嗎？」他問。

克勞斯回答：「比起作家，我更喜歡當讀者。說到這個，你終於完成新書了嗎？」他伸出手，想拿起那份文稿。歐萊里教授見狀，連忙用手肘把稿子壓住。

「這是初稿，大致上算是寫完了，只是內容還很雜亂，仍有許多地方需要修改。至少我已經努力寫出整本書的大綱。」

「如果這些文稿只是大綱，整本書一定很厚！」克勞斯說。

他說得對，這本書肯定會有上千頁。

「讀者的錢會花得很值得。」歐萊里教授胸有成竹的保證。

「又是寫書，又要忙公開活動和大學授課，你似乎是個極有效率的時間管理大師呢！」

克勞斯一邊套話，一邊靠近矮精靈。歐萊里教授把全身的重量都壓在那疊稿紙上，只是雪怪比他強壯得多，不論他再怎麼努力，克勞斯仍輕而易舉的拿走了那份手稿。他翻開頁面，念出書名。

當下的禮物

提摩西．歐萊里教授　著

「書名很不錯，內容在說什麼？」

「我現階段真的不想回答太多問題。我已經說過了，有許多地方待調整。」

「你的第一本書是關於未來，對嗎？」

「《未來的歷史》，是的。」

「第二本書是有關過去？」

「沒錯，《過去的未來》，不過……」

「然後你的靈感枯竭了。」克勞斯插嘴。

「我是遇到一點寫作瓶頸，那又怎樣？」

「你是如何克服瓶頸的？」克勞斯拿起一枝鉛筆，用兩隻手各拿著筆的一端，把筆折斷，歐萊里教授嚇得跳起來。你的老闆正步步誘導他說實話。

「你有個大膽的想法，對吧？你想起了時間海綿，知道它可以給你時間把書寫完，這就是你建議陶德惠索館長用海綿作為特展主展品的目的。」他用折斷的鉛筆指著歐萊里教授。

「呃……這個嘛……不，不，那絕對是錯誤的做法……好吧！沒錯。」歐萊里教授吞吞吐吐了好一陣子，才終於下定決心坦承一切，「我本來沒有想到要使用海綿，直到我為了確認它的真偽而輕輕擠壓了一下。在那個瞬間，我知道自己該怎麼做了。時間海綿是多麼美妙的一份禮物！你能想像隨自己的意志暫停時間是什麼感受嗎？這一切簡直太不可思議！」

自從你開始參與這個案子，就一直在腦海中想像擠壓那塊海綿會是什麼感覺。即使現在歐萊里教授僅透過口述描繪使用時間海綿的心得，你仍聽得津津有味。你迫不及待的想找到它，體驗它的神奇魔力。

「你的意思是，你在那個時候決定偷走時間海綿。」克勞斯說。

「是借，不是偷。而且我發現可以把它當作新書的主題。」他驕傲的拍了拍那疊手稿。「這是第一本研究『現在』的巨著，內容有關現在的現在性，也就是每一刻的瞬間，它是當下的立即展現……噢！我剛才說的這幾句話非常好！應該趁忘記前趕緊記下來。」

他興奮的雙眼發亮，伸手想要找枝鉛筆，克勞斯便把斷成兩截的筆交給他，然後問：「你現在為什麼要坦白呢？」

「理由不是很明顯嗎？我不需要它了，更何況我本來就打算把它還給博物館，甚至由你拿回去也可以。反正一旦我的新書出版，整件事也會跟著曝光。」他把一個小袋子放在桌上，你知道裡面裝的是時間海綿，忍不住想把手伸向它。

「在圖書館裡，你說當你拿著時間海綿時，曾看到雨滴停在空中。然而昨天你

在夜間記者會上擠壓海綿時，天空並沒有下雨……直到今天早晨。」克勞斯和你同時推敲出其中的關聯，「你暫停了一整天的時間。」

「沒錯。」

「你為什麼不在離開記者會時順道帶走海綿，再趁沒人發現前還回去？」

「因為時間太短暫了，我想要體驗更多暫停的瞬間。在圖書館裡找龍蝦的自傳時，我也偷偷捏了它一下。噢！圖書館真是最適合寫作的地方了，尤其是沒有被打擾的時候。」歐萊里教授咯咯笑出聲。

你想起當時走出圖書館，發現教授的袋子似乎比進去前更沉了一些。

「時間旅人不一定是優秀的作家，而能夠暫停時間的作家往往能寫出精采的文章，至少我是這麼認為的。」

「我們知道你為何拿走時間海綿，現在說說你是如何拿走它的。」

「呵！這根本不是密室竊案。」歐萊里教授嗤之以鼻的說。

「我想，當你具有暫停時間的能力時，逃走只是輕而易舉的小事，畢竟你有非常充裕的時間可以想辦法。」克勞斯說。

「我手裡的確掌握著時間。」歐萊里教授輕笑，寫下剛才說的那句話。克勞斯給的斷筆已經無法使用，他只好掏出一枝綠色鋼筆。

「讓我猜猜，你從陶德惠索館長辦公室拿走備用鑰匙。」克勞斯推敲。

歐萊里教授點點頭，「在夜間記者會上第一次擠壓海綿後，我走到樓上的辦公室，取走了備用鑰匙。記者會結束，我發現展覽室外的老爺鐘是一個適合躲藏的好地方，便鑽了進去。等達卡去上洗手間，我立刻進到展間拿走海綿。」他聽起來似乎對自己的犯案過程感到很得意。

「我猜你因為前門有瑞瑪洛看守，所以是從後門離開的？」

「也許吧？要是我忘了細節，還請見諒，畢竟那是很久以前的事了。」教授漫不經心的抓了抓頭。

「很久以前的事？」克勞斯提高了音調，「它是昨天晚上才不見的。」

「對你們來說是昨天晚上，可是我已經暫停了好幾個月的時間來寫這本書，所有人都被凍結在這段期間裡。從我的角度來看，我帶你們去圖書館找書已經是幾星期前的事了。總之，你現在可以把它帶回去博物館了，它在真實時間裡遺失不到一天。說真的，我有造成什麼傷害嗎？況且，柏納德已經說了牠不會去控告我。」歐萊里解釋。

「什麼？但是牠……」

「雇用你？我知道，牠告訴我了。」

「什麼時候？」

「時間海綿和那隻龍蝦是緊密相連的。不論誰使用了海綿，都會在柏納德所在的時間浪潮裡造成波動。」

「如果牠知道是你拿走的，為什麼要雇用我？」

歐萊里教授點點頭，「好問題。那些穿越時空的龍蝦生性神祕，你無法用一般的邏輯去理解牠們的行為。我推測，牠發現自己在未來的某個時刻雇用了你，便照做了，因為牠知道這件事一定會發生。」

「我不確定你剛剛說的話是否合理。」克勞斯顯然對這番說詞不甚滿意，卻又無法反駁。

「如果你面對的是一隻能夠穿越時空的龍蝦，方才的一切就非常合理，畢竟這就是柏納德的生存邏輯。」歐萊里教授轉過身面向你，同情的說：「我猜你完全聽不懂，對吧？對吧？對人類來說，時間旅行實在是太複雜了。從你老闆的反應來看，雪怪似乎也無法參透其中的道理。」

教授指了指絨布袋，問：「你到底要不要帶走它？」

你伸手拿起裝有海綿的袋子，沒有注意教授究竟是在對誰說話。你把它打開往裡面瞧，這塊鼎鼎大名的時間海綿看起來和普通的黃色海綿沒兩樣，你卻感受到它莫名的吸引力。

「你還好嗎？」克勞斯轉頭問你。

你感覺到海綿的重量，心裡有股輕捏海綿的衝動，渴望體驗它的魔力。

「這是你的時刻。」一個聲音說：「我是柏納德，穿越時空的龍蝦。把海綿拿出來，探索世界的奧祕。」牠的話迴盪在你的腦海裡。

你再也無法克制那股衝動，擠壓了時間海綿。

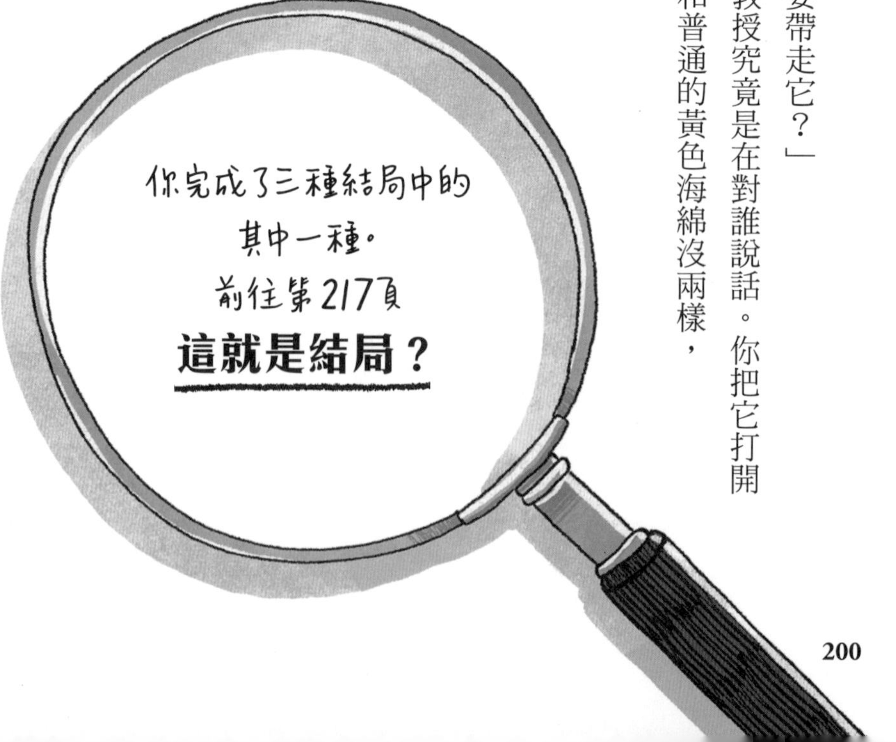
你完成了三種結局中的
其中一種。
前往第217頁
這就是結局？

人魚的記憶

你走下警局臺階，發現華生正在外面乖乖等待。你看得出來，牠很失望只有你一個人走出來。你明白牠的心情，你也很想念克勞斯。

你告訴華生，你想去找人魚談談，牠聽話的發動引擎，發出低沉的吠叫。等你繫好安全帶，華生開始前進，才轉了一個彎就猛的緊急剎車，害你一下子撲向前，又立刻往後倒。你摸摸頭看向窗外，這才明白牠為什麼突然停下來——你們打算出發去尋找的那三隻人魚就在這裡。

他們坐著輪椅，腿上蓋著毯子，勉強遮住魚尾，三名巨魔警員正推著他們走向警局。

華生彈開車門，擋住人行道，你拍拍方向盤表示讚許。

你走出車外，擋住那三名巨魔警員。

「請你讓開。」其中一名警員不悅的說。

艾米麗注視著你，問道：「我們有見過面嗎？」

「請原諒她的唐突。」安娜貝爾說：「艾米麗和我們兩個有相同的症狀。把卡片拿給他看，佛瑞德。」

「什麼卡？」男人魚問。

「這張卡！」安娜貝爾從毯子下抽出失憶小卡。她忽然又把小卡收起來，說：「抱歉，我沒找到。」

「找到什麼？」艾米麗問。

「不曉得。」佛瑞德聳聳肩回道。

一名巨魔低聲抱怨：「他們因偷東西被捕，說詞卻反反覆覆。如果是我負責做筆錄，我絕對會抓狂！」

「這是你的工作嗎？我以為你們是導遊。」艾米麗說。

「我也以為他們是導遊。」安娜貝爾附和。

「我知道有一首歌和導遊有關。」佛瑞德開口熱唱。

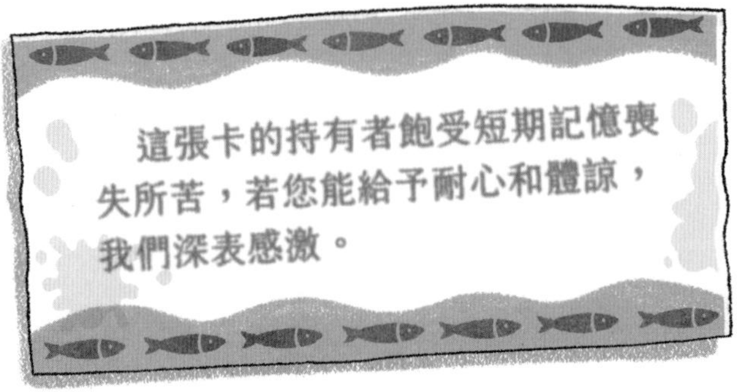
這張卡的持有者飽受短期記憶喪失所苦，若您能給予耐心和體諒，我們深表感激。

「永遠別相信海牛，會為你進行導遊。因為牠們非常無聊，而且你會踩到糞球。」

「不要唱歌！」他身後的那位巨魔怒吼。

「請所有同仁立刻回到警局，聽取博物館竊案的最新簡報。」巨魔們的對講機發出刺耳的雜音。

「博物館發生竊案了嗎？我們最近是不是去過那裡？」安娜貝爾轉頭問她的同伴們。

「是啊！我們把那個……呃……那個叫什麼東西……送過去了。」艾米麗說。

「什麼叫什麼東西？」佛瑞德問。

「時間海綿！」安娜貝爾彈了一下手指，「就是那個！」

「我想起來了！我們把柏納德的海綿送去博物館。」艾米麗說。

「它不是被偷走了嗎？」佛瑞德問。

三名巨魔警員絕望的對彼此搖搖頭。

一名警員說：「你們三個本來在嫌疑犯名單上，可是我們查了你們的行蹤，發現竊案發生時，你們已經回到飯店泳池了。」

「是這樣嗎？」安娜貝爾一臉狐疑。

「沒錯，大廳櫃臺的咕咕鳥做證，說你們整晚都在唱些不堪入耳的歌。」警員回答。

「噢！我知道許多不堪入耳的歌。」佛瑞德迫不及待的獻藝。

「我認識一隻膀胱無力的人魚，她的名字叫做諾瑪，你在她身後游泳，水溫總會突然上升——」

「我不是說過不要唱歌嗎？」巨魔警員怒吼。

「你有說過嗎？我不記得了。」佛瑞德說。

「我覺得是那個矮精靈教授偷的。」艾米麗說。

「我記得他，沒錯，他對那塊海綿非常感興趣！」安娜貝爾附和。

「誰對什麼非常感興趣？」佛瑞德問。

「某個人對某個東西……」安娜貝爾又搞不清楚了。

「我認為那個蛇髮女妖……呃，她叫什麼名字？」艾米麗問。

「陶德惠索。」她背後的巨魔警員忍不住回答。

「對，我認為她什麼都知道。」

「知道什麼？」佛瑞德問。

「我不記得了。」艾米麗說。

三名巨魔警員終於受夠無止盡的「不記得」，一起推輪椅往前。華生關上車門，而你趕緊讓路。

「現在又發生什麼事了？」安娜貝爾問。

「我們最好盡早做筆錄，以免耗掉整個晚上。」推著她的警員說。

「我以為導覽行程要開始了。」艾米麗看起來有點失望。

「我突然想起一首很應景的歌。」佛瑞德深呼吸，開始高歌：「導遊行程即將開始，但是我忘了一個——」

「拜託！」三名巨魔警員同時怒吼。

你看著那三隻人魚被推進警局。克勞斯也在裡面，現在還來得及回去找他談談，或者你應該繼續獨自調查？

？你想要繼續追查人魚對歐萊里教授的懷疑嗎？

前往第190頁

當下的禮物

？或者你想回到博物館，看看能否找到陶德惠索館長涉案的證據？

前往第207頁

洗手臺裡的真相

？或者你想去找克勞斯？

前往第143頁

陷入不法

洗手臺裡的真相

乘坐一部有著狗狗靈魂的汽車，保證一路熱鬧非凡。好不容易抵達目的地，你把華生留在博物館外，只見牠馬上翹起一邊後輪，朝著燈柱噴油。你溜進博物館，經過那兩隻看守後門的滴水嘴獸。其中一隻在打瞌睡，另一隻則在和鴿子玩「找找看」遊戲，牠們都沒有發現你。

你沿著走廊快步潛入，經過一個滴答作響的大型老爺鐘後進入展覽室。擺放時間海綿的展示櫃仍是空的，其他展品則在原位，包括那碗黏呼呼的命運餅乾麵糊和老是神出鬼沒的時不時出現燈。

你的目光被記憶洗手臺吸引，那裡面突然出現一個漩渦，彷彿被一股神祕的力量操控著。你小心翼翼的伸出手，以指尖碰觸水面。

水的顏色立刻變得暗沉混濁，一個模糊的形體隱約浮現在水槽裡。它慢慢的旋轉，逐漸成形，最後你在洗手臺中央看到了一隻龍蝦的身影。

這隻奇怪的甲殼類動物緩緩開口：「你好，這是來自過去的問候。我是能夠穿越時空的龍蝦柏納德。」

洗手臺裡的景象既奇幻又令人不安，更何況那隻龍蝦還直直盯著你看。

牠繼續說道：「我看見你了。我和其他能夠穿越時

空的同類一樣，都和這個洗手臺有緊密的關係，它裡面的水是時間浪潮的一部分。我已經看過你站在這間展覽室裡，也見過你手裡拿著我的自傳。這究竟是發生在你的現在、過去或未來？我不確定。如果你想找到遺失的東西，不能只著眼於過去。時間海綿存在於現在，你仍必須放眼未來。時不時出現燈或許可以帶你找到它，或者你也可以試試攪動命運餅乾麵糊。不論你處於什麼時間，都祝你好運。」

你嘆了一口氣，不懂為什麼一切都必須如此神祕。牠不能直接把答案告訴你嗎？

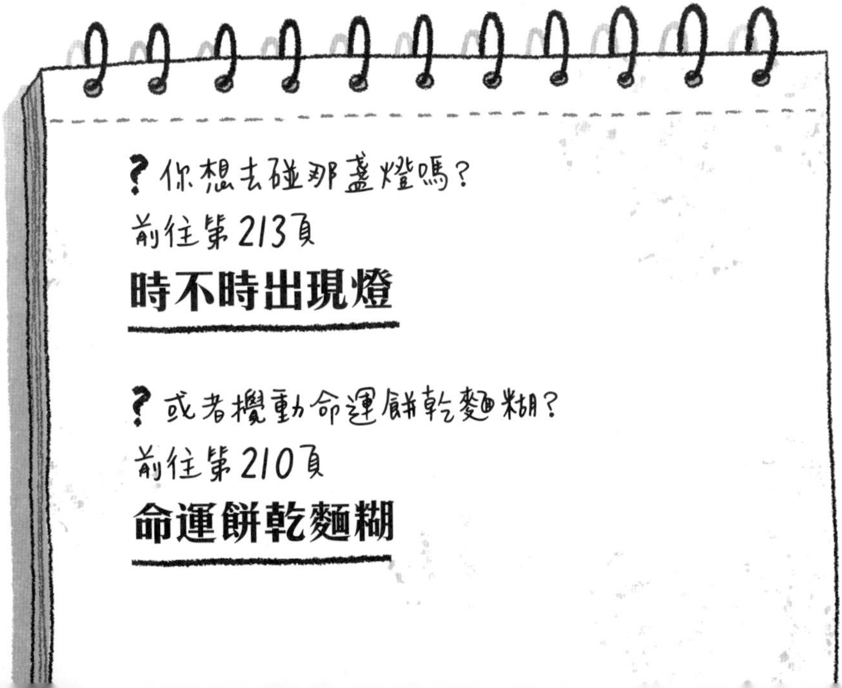

？你想去碰那盞燈嗎？
前往第213頁
時不時出現燈

？或者攪動命運餅乾麵糊？
前往第210頁
命運餅乾麵糊

命運餅乾麵糊

你握住放在碗裡的大木勺，勺子周圍的麵糊已經變得乾硬，你必須用雙手才攪得動它。一會兒後，麵糊總算逐漸變軟，你可以攪動得更快了。再一會兒後，你停下來專注的看著大碗，麵糊旋轉了幾圈後靜止不動，上面浮現出一些字。

命運餅乾麵糊預告的是未來，它正在告訴你，這起竊案將會順利偵破。你興奮的握住木勺，再度使勁攪拌麵糊，這次出現的文字是：

尋獲時間海綿：
小偷現身了！
格雷琴・泡巴
獨家報導

「當然不是我。」小偷宣稱。

看起來像是歐萊里教授的口吻。他的確在你的嫌疑犯名單上，然而這些是格雷琴．泡巴的頭條標題，你知道她的報導不怎麼值得相信。

你再次攪拌麵糊，希望得到更多細節。

前警官克勞斯．索斯塔洗清嫌疑。

你讀到這則預言時，內心大大的鬆了一口氣，真希望老闆此刻就在你身邊。你又攪動了麵糊，這次的力道似乎沒有拿捏好。你努力穩住轉動的大碗，卻不小心手滑讓碗翻倒在地，黏呼呼的麵糊流得滿地都是。唯一值得慶幸的是，裝著麵糊的碗沒有摔碎。

你嚇得僵在原地，留意是否有人聽到剛才的聲響。就在此時，你發現地上的麵糊出現了一串新文字：

會是貪腐的警察嗎？時間將證明一切。

這是格雷琴的另一個頭條標題，這次似乎暗示著警察是這宗竊案的幕後黑手。哪個版本才是真的？時間海綿是被歐萊里教授偷走，或是某位警察？

你的思緒被一陣逼近的腳步聲打斷。你得趕快找個地方躲起來，或者立刻溜出去。該怎麼做呢？

？留在現場躲起來？
前往第161頁
行銷天才

？回去找華生，讓牠載你去找歐萊里教授？
前往第190頁
當下的禮物

？或者你想前往警察局？
前往第143頁
陷入不法

時不時出現燈

你往前伸的手指微微顫抖著。眼前的燈看來再普通不過，你卻莫名感到緊張。就在你的指尖快碰到檯燈時，它閃爍了一下，然後不見了。它本來是如此真切的存在於你眼前，現在卻消失得無影無蹤。

一會兒後，檯燈又重新出現了，你伸手想抓住它，豈料它又再次消失。你索性把手放在燈的位置，可是你突然擔心，當它快速現身的剎那，可能會直接貫穿你的手掌。

於是，你把手移到距離它原本位置幾公分遠的地方，盡可能的穩住手，專注於眼前的任務。

檯燈再度出現，你迅速把手往前伸，內心預期應該又是一場空，沒想到你的指尖居然感受到了金屬的冰冷。

有好一段時間，什麼事都沒有發生。突然，你的手指感覺到一股電流的刺癢，周遭的景色也正悄悄改變。你仍然站在同一間展覽室裡，只是身旁多了兩個熟悉的身影。陶德惠索館長正在跟瑞瑪洛巡佐討論事情，你無法聽見她們的聲音，但你注意到她們旁邊的命運餅乾麵糊被弄翻了。

就在陶德惠索館長擦拭麵糊之前，麵糊裡浮現出「會是貪腐的警察嗎？」這些字，不曉得她是否也有注意到？

你聽到四周充斥著紛亂吵雜的聲音。

「在這個幻象裡，你不會被其他人看見，因為此時你正隱藏在時間浪潮裡。」一個聲音說：「我是穿越時空的龍蝦柏納德。」

你覺得頭暈目眩，鼻腔裡滿滿都是海鮮的味道。這是未來？過去？或是另一個平行時空？

「時間浪潮裡有許多片海，你必須決定要在哪片海裡游泳。」

其實，你現在的感覺比較像是溺水，而非游泳。你掙扎著想呼吸，身體因慌張而逐漸僵硬。

各種聲音盤旋在你的腦海，它們彼此交雜，讓你沒辦法聽清楚是誰在說話。

「我手中的確掌握著時間。」

「你把事情說得太嚴重了，我會確保海綿物歸原主。」

「撕下一頁柏納德的自傳，就可以召喚牠。」

柏納德的說話聲蓋過其他聲音，「這盞燈不斷的在過去、現在和未來之間游移。這些聲音是從未來飄來的，它們全部都有可能成真。」

你還在試著理解那番話，牠的聲音就消失了。你放開燈，異樣的感覺隨之消逝，並回到了原本所在的展覽室。你嚇了一跳，不小心撞到擺放命運餅乾麵糊的展示櫃，大碗摔到地上，麵糊漫流滿地。

你如墜五里霧中，完全摸不著頭緒。你忍不住想到剛才在腦海

裡響起的召喚龍蝦方法，因為你仍對這隻穿越時空的龍蝦充滿疑問。現在的你無法集中精神思考，只好繼續觀察麵糊裡浮現出的字句。這時你聽到腳步聲逐漸逼近。你該躲起來或逃跑？假如選擇離開，接下來又該怎麼辦呢？

? 如果你之前已拿到龍蝦的自傳，你可以馬上跑回華生身邊，從前座置物箱取出那本書。

前往第136頁

穿越時空的龍蝦

? 如果你之前並沒有拿走那本書，現在你可以請華生帶你到圖書館。

前往第170頁

單挑雙頭犬

? 或者你想躲起來，看看是誰來了？

前往第161頁

行銷天才

這就是結局？

「大部分生物都無法了解生命有無限的可能。」

你的世界彷彿被凍結，周圍的一切都暫停了。所有人靜止不動，甚至連風也停止吹拂。然而，你的內心並不平靜，因為你的耳朵裡充斥著每個聲音因時間暫停而被拉長的雜音。

一隻龍蝦在你面前逐漸成形，牠長長的觸鬚受到時間浪潮的影響緩緩擺動，兩隻大螯一開一合，六隻腳隨意晃動。牠的身體飄浮在半空中，地心引力在牠身上絲毫沒有作用。

「我是柏納德，穿越時空的龍蝦。」牠鄭重的自我介紹。

你盯著這隻飄浮的甲殼類動物越久，越明白其他的一切正在遠去，這是你人生中最不可思議的體驗。四周的牆壁崩塌，地板消失了，天空無限擴展延伸，像一個巨大的橘子正被剝開果皮。克勞斯和其他人都順著時間浪潮的漩渦，流進此刻環繞著你的深色海洋中。

這彷彿一場夢。

柏納德終於開口說：「你正在時間浪潮裡。謝謝你成功替我找回時間海綿，我欠你一個人情。」

周圍的深色海水環繞著一個巨大的泡泡不停旋轉，而你就位在這個泡泡的正中央。各種生物潛伏在暗處，但只要你盯著那隻睿智的龍蝦，就莫名的感到放鬆和安心。一個問題浮現在你的腦海裡。

「你想了解為什麼我早就知道是誰偷走海綿，卻還要雇用一名偵探去找它。」柏納德彷彿看穿了你的心思，「如果你拋開雜念好好想一想，便會發現自己早已找到答案。」

你仔細思考，終於明白牠雇用克勞斯的理由。如果牠沒有在過去雇用克勞斯，海綿就沒有辦法在未來被找到。那個未來，此時已是你的過去。你忍不住想，這起案件是否可能有完全不同的發展。

「你手中的時間海綿已經暫停了你世界裡的所有時間，我可以幫助你透過現實中的裂縫，窺看案件的各種走向。」

黑暗中幽幽浮現三個光點，每個光點背後都有一個巨大的陰影。當那些光點越靠越近，你才發現它們分別被一根桿子連著，而桿子長在三隻模樣怪異、嘴裡有多排尖牙的大魚頭上。

柏納德說：「這些是時間神仙魚，每一隻都代表著你可以重回的某個時間點。你想看看事情還有哪些可能的發展嗎？或者你很滿意目前的結局？對某些人來說，一個答案就足夠了，他們寧可得過且過的度日，也不願鼓起勇氣冒險，探索生命的其他可能性。」

時間神仙魚緩緩游了過來，你發現光點裡浮現某些時刻的片段影像。第一個是克勞斯坐在車裡，正要叫你上車。第二個是歐萊里教授站在圖書館外面。第三個則是克勞斯正要走進警局的時候。

「大部分的生物都相信生命只是一連串的選擇，是由行為產生的後果所構成。然而生命不僅止於此，它充滿各種可能。接下來，你想怎麼做呢？」

? 你想回到案件一開始嗎？
前往第8頁

失竊的時間海綿

? 或者你想重回圖書館？
前往第79頁

異類圖書館

? 或者再次回到警察局？
前往第125頁

手銬和指控

? 又或者你想要就此結束，承接新的案件？
前往另一個故事：

《雪怪偵探社3：消失的魔法》

嫌疑犯檔案

姓名：克勞斯．索斯塔

種族：雪怪，外形像是全身披滿白色毛髮的大型猿人，與人類十分相近，酷愛寒冷的天氣。

其他資訊：曾經是異象警隊的警官，深受上司達卡警長器重，後來因故離開警隊，成立了雪怪偵探社。他有一顆溫暖體貼的心，且十分熱衷於破解謎團。然而，他在時間海綿失竊後偷偷出現在案發現場附近，因此被列為主要嫌疑犯。

招牌名言：

- 每個人都有祕密，每個人都會說謊。
- 要不要來一杯熱巧克力？

姓名：達卡

種族：牛頭怪，上半身是牛、下半身是人的生物。身材壯碩，和克勞斯不相上下，光是外表就能讓膽小的罪犯嚇得腿軟。

其他資訊：異象警隊的警長，接受博物館館長的委託，親自看守展品，時間海綿卻在記者會當晚不翼而飛，令他顏面掃地。曾是克勞斯的上司，非常欣賞他的辦案能力，卻對於他決定離開警隊無法釋懷，現在因缺少優秀人才而傷透腦筋，同時似乎和夜間市長弗蘭肯芬密謀著什麼事情。

招牌名言：

- 你可不會希望被我這隻老公牛起訴！
- 可不可以別再引用我的話當作標題？

姓名：艾芬娜．瑞瑪洛

種族：精靈，個頭嬌小，擁有一雙尖長的耳朵，整體外形和人類十分相似。

其他資訊：異象警隊的警員，腳踩高蹺以免被看低。對自己的辦案能力和體力都很有信心，渴望掃蕩鎮上的罪犯，為了讓達卡警長刮目相看，急於在時間海綿竊案中立下功勞。雖然擁有旺盛的企圖心，心思卻意外的單純，容易被套話或掉入陷阱。

招牌名言：

- 即使我踩高蹺值勤，鎮上也沒有任何罪犯能夠跑贏我。
- 我要在警界高人一等。

姓名：戈爾貢．陶德惠索

種族：蛇髮女妖，外表看似是名普通的老太太，羊毛帽下卻是無數條毒蛇，只要與她四目相交，就會變成石頭。

其他資訊：擔任魔具珍寶博物館的館長超過兩百年，早期靠著許多稀有的石像吸引遊客，近年因視力衰退，生意大不如前。為阻止夜間市長弗蘭肯芬將博物館改建為購物中心，特地舉辦「時間之旅特展」，並接受歐萊里教授的建議借來時間海綿，希望藉此重振博物館的名氣。

招牌名言：

- 小心您的目光，變成石頭恕不負責！
- 唉！現在已經沒有人關心歷史人文了。

姓名：提摩西．歐萊里

種族：矮精靈，眉毛濃密，留著鬍子，穿戴綠色的衣帽。喜歡黃金和酢漿草。傳說會把收集到的黃金藏在彩虹的盡頭。

其他資訊：暗影大學的教授，時間議題專家，為此次展覽鑑定時間海綿的真偽。著有《過去的未來》和《未來的歷史》兩本暢銷書，目前正努力籌備新作，卻因無法如期交稿，面臨被出版社要求退回預付稿費的窘境。

招牌名言：

- 我手裡的確掌握著時間。
- 時間旅人不一定是優秀的作家，而能夠暫停時間的作家往往能寫出精采的文章。

姓名：格雷琴．泡巴

種族：報喪女妖，傳說可預言人類的死期，若聽到她們的尖叫或號哭，表示附近可能有人要過世了。她們的聲音淒厲，能使人發狂，甚至喪命。

其他資訊：《異常生物日報》的記者，對時間海綿竊案似乎熱衷過了頭。善於製造八卦和捏造新聞，並以可怕的笑聲和洗腦魔力，迫使採訪對象說出她想知道的一切。自從向米可鳥女巫姐妹購買神奇印刷機，便能隨時進行印刷。

招牌名言：

- 身為記者，根本不可能坐等靈感降臨。
- 我沒有時間海綿，也能準時截稿！

姓名：艾米麗、安娜貝爾和佛瑞德

種族：人魚，上半身是人、下半身是魚的生物。傳說會利用優美的歌聲，引誘水手偏離航道或落水，有些善良的人魚則會對遭遇海難的人伸出援手。

其他資訊：三隻人魚快遞，負責把時間海綿運送到魔具珍寶博物館。不僅記憶力差，又愛順手牽羊，甚至用毯子蓋住魚尾，坐著輪椅偷遍避風鎮大小商店。

招牌名言：

- 我不記得了。
- 我腦海裡的想法一直漂走，幸好它們通常會再游回來。

姓名：柏納德

種族：能夠穿越時空的龍蝦，掌管時間海綿，是時空演進的探索者和保護者。偶爾會陷入被做成料理的危機。

其他資訊：行為神祕，說出來的話很難讓人理解。通常在時間浪潮裡游動，幾乎無法掌握牠的行蹤。召喚牠的唯一方法，是撕下一頁牠寫的自傳。

招牌名言：

- 時間並非一條單行道，而是一片汪洋大海。
- 我在現在、過去或未來，跟你道別。

文／**加雷思・P・瓊斯 (Gareth P. Jones)**

英國童書作家，與妻子和兩名孩子住在倫敦東南區。作品《康斯丁詛咒》（暫譯）曾獲得英國廣播公司（BBC）兒童讀物文學獎——藍彼得獎（Blue Peter Award），著有四十餘本童書，包括《猩蒂瑞拉：自信出擊！女力繪本》和《長耳兔公主：自信出擊！女力繪本》（步步），以及《桑斯威特遺產》、《死亡或是冰淇淋》、「龍偵探」系列、「忍者貓鼬」系列、「蒸氣龐克海盜探險」系列、「寵物守護者」系列（以上皆暫譯）等。加雷思時常造訪世界各地的學校，也經常在節慶中演奏鋼琴、小號、吉他、烏克麗麗和手風琴等樂器，不過演出偶爾會「凸搥」。

圖／**露易絲・佛修 (Louise Forshaw)**

英國畫家，與未婚夫和三隻吵鬧的傑克羅素㹴（萊拉、派伯和班迪特）住在新堡，時常被三隻狗「使喚」。露易絲至今繪製了五十餘本童書，包括《太空大探險：把書變成地球儀！》和《世界恐龍地圖：把書變成地球儀！》（風車），以及《好棒的萬聖節》、《好棒的寵物》和《好棒的蛋糕》（上人）等。她熱愛閱讀，也沉迷於所有以吸血鬼為主角的影集。

譯／**林劭貞**

兒童文學工作者。喜歡文字，貪戀圖像，人生目標是玩遍各種形式的圖文創作。翻譯作品有《我是堅強的小孩》、《令人怦然心動的看漫畫學英文片語 300：從浪漫愛情故事，激發學習熱情，提升英語理解力！》等；插畫作品有《魔法湖畔》、《魔法二分之一》和《天鵝的翅膀：楊喚的寫作故事》（以上皆由小熊出版）。

下集預告

魔法博覽會即將盛大展開，
鎮上的魔法能量卻在此時澈底消失！
身為魔法圈一分子的嫌疑犯為什麼要偷走魔法、自找麻煩？
犯人真的是那個惡名昭彰的大壞蛋嗎？
為了所愛的暗影區怪物們，你不惜以身犯險，
一舉揭開埋藏在幽暗地底的真相！